U0635137

我与孙犁

WO
YU
SUNLI

欣慰的回顾

冉淮舟 著

天津出版传媒集团

天津人民出版社

图书在版编目(CIP)数据

欣慰的回顾 / 冉淮舟著. -- 天津 : 天津人民出版社, 2022.7
（我与孙犁）
ISBN 978-7-201-18583-5

Ⅰ.①欣… Ⅱ.①冉… Ⅲ.①回忆录－作品集－中国－当代 Ⅳ.①I251

中国版本图书馆 CIP 数据核字(2022)第 103771 号

欣慰的回顾
XINWEI DE HUIGU

出　　版	天津人民出版社	
出 版 人	刘　庆	
地　　址	天津市和平区西康路35号康岳大厦	
邮政编码	300051	
电子信箱	reader@tjrmcbs.com	

策划编辑	宋曙光　张素梅	
责任编辑	岳　勇	
装帧设计	汤　磊	
封面题签	赵红岩	

印　　刷	天津新华印务有限公司
经　　销	新华书店
开　　本	880毫米×1230毫米 1/32
印　　张	4.5
插　　页	1
字　　数	60千字
版次印次	2022年7月第1版　2022年7月第1次印刷
定　　价	38.00元

总　序

宋曙光

　　几乎有将近一年时间，我内心一直埋藏着一个心愿。说是心愿，是因为不知道能否实现，所以一直存放在心里，有时会突然涌上心头，暖暖地让我一阵激动。去年夏天，孙犁先生逝世的第十九个年头，这个心愿竟有些按捺不住了，无时无刻不在搅扰我的心绪，像是在催化这个心愿能够早一天实现。

　　孙犁先生作为《天津日报》的创办者之一、党报文艺副刊的早期耕耘者，无疑是我们的一面旗帜。在新中国文学史上，孙犁以他独具风格、魅力恒久的文学作品占有重要地位。他在文学创作、文艺理论、报纸副刊等方面，均有丰厚建树。在孙犁病逝后的转年，也即2003年1月，天津日报报业集团为孙犁建成的汉白玉半身塑像，便矗立在天津日报社大厦前广场，铭文寄托了全体报人的共同心声：

> 文学大师，杰出报人，卓越编辑。任何人只要拥有其中一项桂冠就堪称大家。但孙犁完全超越了这些。这种超越还在于他人格的力量。八册文集，十种散文。从《荷花淀》到《曲终集》，孙犁的笔力在于他以平静的文字和故事，展现的是一个民族、一个政党、一个作家在残酷战争岁月的良知和良心；孙犁的心力在于他以冷静的笔墨和感情，记述的是一个民族、一个政党、一个作家在荒唐动乱年代的感觉和感悟。所有这些都奠定了孙犁作为文学大师的不朽地位……

痛失共经风雨的老编委、老顾问、老前辈，的确是一份无法承受的沉痛。二十年前那个飘雨的送别之日，每一位吊唁者都嗅到了荷花的清芬。夏雨中，无限的哀思被打湿、融化，沁入此后绵绵难舍的日月之河……孙犁先生离去之后，我常常与他的书籍为伴，这是逝者留下的唯一财富。打开它们就一定能有所收获，在纷扰的尘世中，每一次阅读都会有新的感知，有时竟读出了一种心静、释怀、豁然，不愿与浊流同污，不弃初志地向往纯真与高洁，有时还会沉浸到年轻时默诵的诸多名篇的意蕴之中……似乎孙犁仍旧陪伴着我们,感觉不到岁月在流逝。

孙犁先生去世后的这二十年间,有关孙犁著述的各种版本,仍在不断地出版发行,多达二百余种。喜欢孙犁的读者会发现,这些作品常读常新,没有受到时代的局限,文学的力量依然直抵人心,陶冶和净化着人们的心灵。孙犁没有离去,仍在自己的作品中活着,而活在作品里的作家终究是不朽的。

从2010年至2017年,在我主持《天津日报》文艺副刊工作的那些年,每到孙犁先生的忌日,我仍然会在版面上组织刊发怀念文章。延续这一做法的目的,就是为了宣传孙犁、纪念孙犁、传承孙犁,而且不惜版面地推出专栏、专版,也是为了日后能够保留下来一批翔实而有分量的作品,为孙犁研究提供具有学术价值的重要文献。这其中还有一个原因,那就是在我有了行政职务之后,也仍然身兼"文艺周刊"编辑工作,不计分管的版面有多少、日常工作量有多大,也一直没有脱离编辑一线,有了好的想法、创意就尽快落实,在版面上策划的有关孙犁的重点篇章,经常是亲力亲为。同时,对于一些带有偏颇或有损作家形象,甚至失实的文章,都被我们无一例外地拦住了,这是《天津日报》文艺副刊应有的职责与担当。那些存有较大疑点,或是内容待考、硬伤明显的稿件,宁可不发,也不能任其谬误传播,造成不良后果。所有这些,今天想起来,仍觉得这种认真是值得的,对得起我肩头曾经的这份责任。

孙犁先生去世二十周年,是一个重要的时间节点,应该编出一部重头的、具有纪念意义的大书。早在孙犁百年诞辰期间,我就萌生了想编一部纪念合集的想法,并已经做好了前期准备,但因为时间和精力的缘故,最终未能如愿。这个遗憾埋在心里,慢慢地便转化成为心愿,那就是等待和寻找适宜的时机,编纂一部真正高水准的书籍。

2022年是孙犁离世二十周年,就是一个极好的契机。这部书或许是一本、一套?经过反复构思、设想、完善,终于有一天,这个孕育已久的优质胚胎,逐渐地现出了雏形。它似乎应该是成套装、多人集,还应该是那种秀气的异形本,淡雅、清新、韵致、温馨、耐读……

当这个构想逐日接近成熟,便需要考虑哪家出版社能与这个创意相契合。而在此之前,必须先期约定好几位作家,首要条件是他们都要与孙犁有过交往、自己有相关著述,并且认真而严谨地对待文字。其次,他们与《天津日报》文艺副刊有着亲密联系,属于老朋友。这些,都是入选条件。我在自拟的名单上慎重而审慎地圈出四位作家,然后与他们逐一作了沟通。我预感他们一定会真心地考虑,并同意和支持我的倡议,这里面当然包含他们对孙犁的景仰。果真如此,当他们听到我真诚的邀约,不仅一致表示看好这个选题,而且在现时出版极为困难的境况下,他们都有着非常乐观的预期。

我想这套书理应留在天津,便去找了天津人民出版社。那座熟悉的出版大楼里有多家出版社,以前也曾有过很多朋友,但这次我却选择去了天津人民出版社。将同几位作家说过的话,又极其认真地复述了一遍。我认为说得不错,重点突出,还带有明显的个人感情。前后不过几十分钟,出版社编辑完全听进去了我的推介,承诺一定会慎重地研究这个选题。早在1957年1月,天津人民出版社便出版了孙犁的《铁木前传》,这是这部中篇小说最早的一个版本。此次他们将再续前缘,牢牢地把握住这次难得的机缘,当选题顺利批复的那一刻,足以证明他们的眼光和魄力。这套丛书不可否认地将会成为近二十年来,孙犁研究领域的最新成果,当令文坛所瞩目。

我跟几位作家通报信息时说,这套纪念孙犁的书籍倘能如愿出版,我的辛苦是次要的,首功应该记在天津人民出版社身上,是他们的视野和胆识、气度与格局,成就了这套书。他们以精细的市场调研、论证,高度认可了这个选题的原创性和独创性,将在孙犁先生去世二十周年之际,出版一套由

　　五位作者联袂完成的怀念文集，为孙犁先生敬献上一束别致的心香。

　　这五位作者和他们的著作分别为冉淮舟的《欣慰的回顾》、谢大光的《孙犁教我当编辑》、肖复兴的《清风犁破三千纸》、卫建民的《耕堂闻见集》和我的《忆前辈孙犁》。我之所以向天津人民出版社推荐这几位作者，盖因他们都与孙犁有过几十年交谊，通过信件、编过书籍，在各自的领域里深读孙犁，成就显著。还因为我们之间相互信任，自1979年1月"文艺周刊"复刊后的这几十年，历任编辑辛勤耕耘，被他们认为是最好的继承。我书中"文艺周刊"这部分内容，就是想通过与老作家们的稿件来往，写出孙犁对这块园地产生的巨大影响，为孙犁后"文艺周刊"时期的研究提供最新史料，也为学者早前提出的"'文艺周刊'现象"提供更多佐证。可以说，这五本书都试图以各自独有的洞见，写出与众不同的孙犁、永远写不尽的孙犁，其情至真，其心至诚，其爱至深。

　　巧合的是，我们这五个人都曾有过编辑工作经历。他们几位更是熟稔编辑业务，对待文字有着超乎寻常的热爱、执着和认真，在整理作品、遴选篇目、编排顺序、采用图片等环节，他们的严谨、慎重给我留下很深的印象。还必须强调一点，那就是这套书均采用散文笔法，较之那些高深的理论文章，更适合于读者阅读与品味，因为书中写的是人，是生活中的孙犁，有着亲切的现场感。此外，在我们的写作经历中，多数人还从没有单独出版过有关孙犁的书籍，这是第一次。而像这样的合作形式别无仅有，几本书讲述的虽是同一个作家，但又绝不雷同，反倒因为作者不同的身份和经历，相互印证，互为弥补，使书的内容更显丰满与多彩。

若说策划这样一套书，算得上是一个工程，几本书的体量还在其次，关键是要集齐书稿并使它们融合为一个整体，在内容及体例上趋于一致。在只有几个月的时间里，我们需要一起努力地往前赶，有人需要查找旧作、增添新篇，还有的需要重新校改原稿，表现得极为认真。

那些日子，我天天在电脑前忙到很晚，但心情却是愉快的。全部书稿都是先阅看一遍后，再传到出版社编辑的邮箱，尽管有时已近半夜，但我不想在时间上造成延误，而我们这些合作者，都是按时、按要求交稿，从未拖延。这使得我和这些作家朋友，有了更多默契与话题，他们都曾是我在《天津日报》文艺副刊工作时结交的重要作者，与我们的版面保持着多年联系，也因为这块副刊园地，曾是孙犁先生当年躬耕过的苗圃，让他们感受到无尽的暖意。

在成书的最后阶段，天津人民出版社将丛书名定为"我与孙犁"。由此丛书名统领,我们这五个人笔下的孙犁,展现出了一幅较为全景式的孙犁全貌,这一形式之前还不曾有人做到。由此,我想到孙犁晚年"十本小书"最后一本《曲终集》,在书的后记中,孙犁曾引诗曰:"曲终人不见,江上数峰青。"时在1995年,距今已有二十七年,其寓意可谓深矣:往事如云情不尽,荷香深处曲未终。

这五部书稿,原都有各自的序言或后记,但承蒙朋友建议、出版社要求,需要有一篇统摄全书的总序,我推脱不掉,只好勉为其难,谨将我们这套丛书形成的起始动因,作了如上说明。读者朋友在阅读书籍时或可作为参考,并请不吝指教。

特别感激几位作家朋友的倾情襄助,像这样真诚的文字交往并不多见,联袂出书这种形式更是难得。同时感谢天津人民出版社的鼎力支持,是他们帮助我——我们一起实现了这个心愿:在孙犁先生去世二十周年忌辰,我们齐心携手,各自以一本浓情的小书,共同敬献给孙犁先生,告知后辈的心语、已经传世的作品、一年比一年情深的荷花淀水……

2022年3月22日初成

2022年5月29日定稿

目　录

欣慰的回顾(代前言)

在我刚刚记事的时候,在我的家乡冀中平原,抗日战争正在激烈地进行着,人民热情爱国,英勇参战,那种称得上是革命的英雄主义和乐观主义的精神,我是听得到,也见得到的。我羡慕子弟兵们的那种英雄气概,向往加入他们的行列之中。解放战争时期,就是土地改革,支援解放保定和天津这样的城市了。我的家乡,发生了翻天覆地的变化。火热的新的生活,是那样强烈地激动着我的心。1951年初,我刚满十三岁,到省城保定读中学,这才知道,向别人述说自己的感受,还有写作这样一种方法。于是在课余时间,我便悄悄地练习写作,废寝忘食地阅读作品。我是那么喜爱鲁迅先生的作品,他的小说《故乡》《社戏》《祝福》,他的散文《阿长和山海经》《从百草园到三味书屋》,我是看了一遍又一遍。还有赵树理同志的作品,他的小说《小二黑结婚》《李有才板话》,我也是看了一遍又一遍。但使我感到更为亲切的,还是孙犁同志的作品。他的那些明快、单纯的短篇小说《荷花淀》《嘱咐》《光荣》《山地回忆》,他的那些简洁、质朴的文学速写《投宿》《天灯》《相片》《白洋淀边一次小斗争》,还有他的诗一样的长篇小说《风云初记》,是那样深深地吸引着我,激发我对家乡的思念,也启发和引导我试着去反映家乡的新的生活。孙犁同志主编的《天津日报·文艺周刊》,我也是每期必读。我所在的保定一中,有一个规模不算小的图书馆,订阅的报刊中就有《天津日报》。它的文艺周刊是在每周四的第四版上,星期五才能送到保定。每逢星期五下午课外活动时间,我就向图书馆跑去,抢阅这份报纸。那上面经常发表孙犁同志的作品和他指导青年写作的文章,以及在他的培养下成长起来的青年作者们的作品。

1956年9月,我到南开大学去读书,因为远离家乡,那里的事情自然也就听到和见到的少了,这样,我就很少再练习写作故事、速写,注意力集中到文艺理论的学习方面。我给自己选定了一个题目,就是研究孙犁同志的作品。于是,就偷偷地到图书馆去借阅资料。这件事情之所以还要偷偷地进行,是因为,在1957年以后,刻苦读书,常常要被扣上"白专"的帽子,是要挨批判的。因此,直到1961年毕业,我离开南开大学的时候,学校里也没有人知道我在研究孙犁同志的作品。

学校图书馆的资料还算丰富,但一次不能多借,而且借的时间也有限制,这对研究工作的进行是很不方便的。特别是在1958年开始动笔写作的时候,我很希望自己手头有几本孙犁同志的主要著作。当我看到,在天津和平路新华书店的书架上,摆着一本天津人民出版社出版的《铁木前传》,定价两角六分,我拿起来,掂量又掂量,还是放了回去,没有买。后来,一天下午,我担任队长的校篮球队到南开体育场比赛,因为结束以后回校赶不上吃晚饭,于是老师便决定每人发给三角钱,买一顿晚饭吃,我们坐车到百货大楼以后就解散了。我没有跟着别人一起到饭馆去,而是毫不犹豫地直奔百货大楼对过的新华书店,买下了那本《铁木前传》。这样,我手里还剩下四分钱。从那里回学校,还有八站路,车票需要八分钱,我没有坐车,是走回去的。买了久已盼望得到的心爱的书,走路也不觉得累了;没吃晚饭,也不觉得饿了。我的心情是很愉快的。这件事情,后来我曾讲给孙犁同志,他听后放声地笑了,然后就沉默起来。他每当兴奋激动的时候,就放声大笑,但他那次的沉默,我看得出来,他的心是被震动了,他一定是在想,他的书,竟然具备一种这样的力量。

1959年12月，我鼓足勇气，往《天津日报》给孙犁同志写了一封信。很快就收到了他的热情鼓励的回信，我这才知道，他病了，而且病得很重。

后来，我把这部稿子投到了《新港》编辑部。这个刊物决定发表论述《铁木前传》的部分。不久，我从学校毕业后也到这个编辑部工作，这部书稿可能是起了一定作用的。但是关于《铁木前传》的章节，并没有发表出来，原因是一位负责天津市宣传工作的领导同志不同意。我想，这当然是因为我的文章水平不高，恐怕也还有另外的原因，当时人们对《铁木前传》议论纷纷，责难的言论很多，而我的评论是说了好话的，那位领导同志，可能是怕我招事惹非吧！

到《新港》编辑部工作不久，1961年10月，我和几个同志一起去看望孙犁同志。他说他的身体比前几年初得病时好多了，但看上去还是不很健康。谈话间，我讲到在南开大学图书馆查阅《天津日报》等报刊，见到署名纪普、孙芸夫、纵耕、少达、石纺的一些文章，我判断都是孙犁同志写的，纪普、孙芸夫、纵耕、少达、石纺是孙犁同志的笔名。孙犁同志听后，点头笑了。于是便谈起编辑这些文章的事，我说我在笔记本上记下了篇目，孙犁同志从书橱的抽斗里取出一个信封交给我，里边装着几篇剪报。这就是1962年百花文艺出版社出版的《津门小集》。

孙犁与冉淮舟合影（1979年初冬摄于天津孙犁寓所）

曾在青岛因病始萌睡
晨起家寒时长榜沉
思时戴苑小康寿耀
喜多留紫薇石记青
春梦素菊摧折观
宴迁以今只画栅栅
在天南地北难相知

孙所作新文以呈

淮舟同志

孙犁

孙犁题赠冉淮舟诗（1962年2月9日）

5

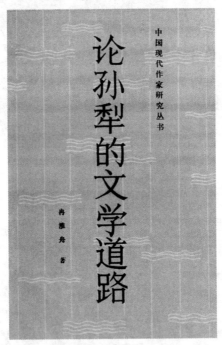

冉淮舟著《论孙犁的文学道路》

我和孙犁同志的接触多起来以后,便把自己写的这部粗浅幼稚的稿子送请他教正。他逐字阅读过后,给我写了一封信:

淮舟同志:

我把具体意见记在下面:

一、把小引大加删削,因空泛,距离作品分析太远。

二、按年代对作品进行介绍和分析。——成为这部论文的基本间架。

三、把论风格的一节移到最后。并把其他章节中与此节重复之字句删除。

四、各节中空泛政治说明,可更简要。

五、引用我的《文学短论》或《文艺学习》之处,可酌量删除。

六、引用作品原文,或情节叙述,越少越好。

七、你对当时环境的咏叹歌颂,也可以删一些。

八、别人论文的意见可少引用,对不同意见的批判,则有助于论文的泼辣。

九、最后与其他作家相比较之处,我以为作品创造的形象,不能比较哪个高大哪个渺小,因为如都高大了,名著岂不汗牛充栋，还有何独特之处?可以不这样比，只论述我的缺点就可以了。

以上意见，为的是使论文单纯明确，使读者读起来更有实际感受。改一下，可请别的同志看看，并可放放，重新考虑搞些别的事情，如选择一些小题目作些短文章。人，不能老叫一件事情拖着。

孙犁

1961年11月14日上午

我认真地考虑了孙犁同志的意见，深深感到自己还没有能力来完成这一工作;另外，文艺界的空气也越来越紧张，时代没有提供进行这一工作的条件。但我也并没有完全放弃它，以"孙犁作品学习笔记"为副题，使用这部稿子中的部分材料，写了一些文章在报刊上发表。其中有一篇题名《美的颂歌》，刊登在《新港》1962年5月号上，没想到，四年以后，"文化大革命"中它竟成为我的罪行材料。1979年山东师范学院编辑的关于孙犁同志的研究资料一书中，收入了我写的几篇文章，其中就有这一篇。无论是用当时的观点，还是用现在的观点来看，用"美的颂歌"来概括孙犁同志的作品，都不能说是不着边际;至于构成罪行材料，那只能是在非常的时代。

因为工作，我和孙犁同志的接触越来越频繁。作为一个编辑，协助一位正在养病的前辈作家做些力所能及的工作，是义不容辞的。我也只不过做了一些搜集、抄录、编排、校对的工作，主要就是对《津门小集》和《白洋淀之曲》的编辑，对《风云初记》的结尾，对《文学短论》的选择，对《文艺学习》的补充。本来还计划编一本《旧篇新缀》，因为"文化大革命"开始，没有成功。对这些我本来应该做，而且没有做得很好的工作，孙犁同志一再表示他的深深感激之情。他首先写了《津门小集》后记，在寄给我看时，写信说："已定稿矣。"他知道我是不会同意他对我的称赞的，就先说了这样的话。已故的当时负责河北省委宣传工作的远千里同志得知此事，特意让《河北文学》发表了这个后记。黄秋耘同志和已故的侯金镜同志，还在他们负责编辑的《文艺报》上就此事发表读者来信，讲了表扬的话。孙犁同志又相继写了《旧篇新缀》序、《平原杂志》第三期编后的后记和《文学短论》新版后记，不断地表达他的谢意。这就使得我更加感到愧疚了。

就在这些工作进行中，孙犁同志有事就给我写信，我有事就去看他，有时也写信。这样，仅在"文化大革命"前，他就给我写了六十九封信。这些信，涉及他过去的写作生活，他原始的文艺观点；也涉及抗日战争和解放战争时期，他在冀中区和

孙犁《给王林的信》题记

　　1962年秋天,我到冀中平原采访,得知肃宁县档案馆保存着抗日战争和解放战争时期,冀中区和晋察冀边区的一些报刊。于是,我便前去查阅,所见虽然数量不多,且已残破,但却发现了孙犁同志的《琴和箫》《〈平原杂志〉第三期编辑后记》《二月通信》《翻身十二唱》等诗文。我把它们一一抄录下来,带回天津,交给了孙犁同志。当天夜里,孙犁同志在给我的一封信中写道:"我想把旧作四篇,联为一组,加一前言,各附后记,找一地方发表之。你考虑一下,如可以,就请你代我投投稿吧。什么地方都行。"

　　关于发表在1943年《晋察冀日报》文艺副刊《鼓》上的《二月通信》,孙犁同志在新写的后记中说:这是他在晋察冀边区写给王林同志的一封公开信,当时考虑到王林同志在冀中平原游击区工作,便把名字隐去了,文艺界同志多能知之。1939年春天,冀中区的形势已经紧张,组织上叫孙犁同志到晋察冀边区工作,就是由王林同志到七分区对他传达了这个指示,并代他办理了过路手续。

1941年孙犁同志回冀中一次,和王林同志相处很长一段时间,帮助王林同志编辑《冀中一日》,并写作了《区村和连队的文学写作课本》,即后来的《文艺学习》一书。

看过孙犁同志为《二月通信》写的后记,我就想,他和王林同志彼此之间一定还写过很多的信件。但没过几年便来了"文化大革命",孙犁同志那里,又是被抄家,又是自毁,朋友的信件都损失了,后来也不再保留朋友的来信。王林同志那里的情况又如何呢?在后来出版的《芸斋书简》和《孙犁全集》中,除了《二月通信》,并没有孙犁同志写给王林同志的其他信件。

令人非常欣喜的是,王林同志之子王端阳在整理其父资料时,发现了孙犁同志写给王林同志的九封信。可以肯定,这不是孙犁同志给王林同志所写信件的全部,只能说是一部分,可能还是较小的一部分,但却是很重要很宝贵的一部分。有很多处写到家事,甚至是不便与外人言说之事,说明孙犁同志与王林同志关系密切,非同一般。写到文艺界的形势,尤其是关于长篇小说《风云初记》和中篇小说《铁木前传》的创作情况,在主观上和客观上遇到的困难等方面的内容,是丰富的、鲜为人知的,对研究孙犁同志及其作品,具有弥足珍贵的史料价值。

　　这些信件已无信封,而孙犁同志写信,所署时间,都不写年,有的还不写月。为便于排序和阅读,我略做考证,补上了年月,用括号标明。不妥之处,还请专家指正。

2008 年 6 月 10 日

《王林日记中的孙犁》前言

在辑录这本书的时候，我想有必要简略地说一说王林、孙犁这两位文学前辈。2009 年解放军出版社出版的七卷本《王林文集》，我有幸校阅三卷，即《幽僻的陈庄》《腹地》和《抗战日记》。在所写《〈王林文集〉校读记》一文中，记下了这样一些话：

20 世纪 50 年代初期，在我上中学的时候，虽然王林同志受到严重批判，但他仍然是我最敬重的作家，长篇《腹地》和短篇《十八匹战马》，仍然是我最喜爱的作品。当我走上文学之路后，对王林同志的主要作品，几乎都写了评论文章。实事求是地说，由于对王林同志的错误批判，不仅影响了他对自己的文学殿堂的建造,而且也阻隔了广大读者对其作品的欣赏。

我曾在一次讲学中提到,《十八匹战马》是反映第二次世界大战的经典短篇小说。听讲的人可能都没看过这篇作品,于是有人找来读了,立即上网说我的评价恰如其分。我的意思是说,人们对王林同志及其作品,知之甚少。因此,当《王林文集》出版后,看到的人都非常惊讶:原来王林同志写了这么多这么好的作品,了不起!

王林同志是冀中抗战文学最有成就、最具代表性的作家,他和孙犁、梁斌同志一样,都做出了重大的贡献。而且,就反映抗日斗争生活的真实性来说,无论是在冀中,整个敌后战场,还是正面战场;或者说无论是解放区,还是国统区,我想还没有哪一位作家可以和王林同志相比,也还没有哪一部作品可以和王林同志于1943年在地道里写出来的长篇小说《腹地》相比。

在我的心目中,是一直把王林同志和孙犁同志并列的。只是在过去,我主要是看到了他们的相同之处:都是出生于冀中平原,都是参加了家乡的抗日战争,都是随着征战的路走上文学的路,都热衷、执着现实主义,都在文学创作上取得了辉煌的成就。而且,他们的作品都受到了批判。对王林同志长篇小说《腹地》的批判,可以说是毁灭性的,罪名是写了阴暗面,丑化英雄人物和共产党的领导。孙犁同志的主要作品,长篇小说《风云初记》,中篇小说《村歌》《铁木前传》,短篇小说《荷花淀》《琴和箫》《秋千》等,被斥为小资产阶级情调,脱离斗争的漩涡,阶级界限模糊,等等。用孙犁同志自己的话来说,他的作品在很长时期,一直处于风雨飘摇之中。

应该说,王林同志和孙犁同志,他们的作品是异曲同工。现在,我则常常想到他们的异曲之处。有一位评论家,他在高度评价孙犁同志及其作品时,说是解放区作家、作品的"另类"。这个说法,暂不论是否科学、恰切,但我认为是有一定道理的。因此,这里我要借用一下这个词语,王林同志及其作品,也可以说是解放区作家、作品的"另类"。当然,这两个"另类"并非属于同一类,而是有着不同特点的。

王林同志和孙犁同志的作品,都写得很实,所写人物形象,在现实生活中几乎都有原型依据;所写故事,也多半都是现实生活中发生过的。但王林同志的现实主义,是逼近生活,酷似生活,是生活的原生状态,是人性和人情的丰富性和复杂性,追求的是社会生活的真实性;而孙犁同志的现实主义,则由于洋溢着浪漫诗意的情调,给人一种空灵的感觉,是单纯的人性美和人情美,追求的是艺术美的极致。

因此,我认为,王林同志现实主义的贡献,主要是在社会价值方面;而孙犁同志现实主义的贡献,主要是在美学价值方面。

1938年春天,王林同志和孙犁同志在安平冀中军区相识,因为都从事抗日的文化宣传工作,成为战友和伙伴。1939年春天,组织上调孙犁同志到晋察冀边区工作,就是由王林同志到七分区对孙犁同志传达了这个指示,并代办了过路手续。1941年秋天,孙犁同志回冀中探亲,王林同志留住了孙犁同志,帮助编辑《冀中一日》。这一工作完成后,根据王林同志建议,孙犁同志写作了《区村和连队的文学写作课本——给〈冀中一日〉的作者们》,就是后来的《文艺学习》。直到1942年春天,孙犁同志才回到晋察冀边区,用他自己的话说,这一次"和王林同志相处很长一段时间"。1943年2月,晋察冀边区召开参议会,王林同志是冀中区选出的代表,却因敌情紧张未能过路出席会议。孙犁同志以记者身份,写了《二月通信》,这是写给王林同志的一封公开信,发表在《晋察冀日报》的文艺副刊

《鼓》上。1944年4月,王林同志因事去晋察冀边区,孙犁同志家里托他带些钱给孙犁同志,却未能办妥,王林同志特意在4月29日这一天的日记中记下:"孙犁同志去延安了,真糟!他的钱也没有来得及给他。"1945年10月,孙犁同志从延安回到冀中区,和王林同志会合,在冀中文协一起工作。1949年1月,他们一起进天津,虽然未在同一单位,但做的都是文化方面的领导工作。

王林同志1984年7月病逝,他和孙犁同志密切交往将近半个世纪,在他的日记中,关于孙犁同志的有二百七十余处,把它们顺时辑录下来,可以视为王林同志撰写的一部独具特色的孙犁同志的传记。其珍贵和重要的价值:一、记下了王林同志和孙犁同志久远的、深厚的、诚挚的、亲如兄弟的友谊,和他们所经历的几个历史时期的生活;二、对于孙犁同志的人生及其作品的研究,提供了难得的、大量的、鲜为人知的第一手材料,不仅可以匡正已有研究成果的一些谬误和错讹,也为以后的研究提示了一些新的切实的课题。

王林同志的日记,从1937年5月开始,到1984年7月终止,除了抗日战争期间有一些缺失,大部分都保存下来了,约计三百多万字。这无疑是一件幸事。再就是,王林同志的家人,儿子王端阳,女婿杨福增,经过几年的辛苦劳动,把全部日记都整理出来了,并以各种形式,陆续发表和出版,已经引起海内外人士的关注。我辑录的这本书,实际上是和他们一起完成的。尤其是端阳,不仅出了一些好主意,还认真地审阅了整部书稿并做了订正。为了便于一般读者阅读,也为专家学者提供资料,我做了一些注释。希望得到大家的认同、批评和指正。

最后还要说明一点,辑录这本书,是对我所敬重的这两位前辈作家的深情感念,他们生前对我人生的教诲和对我写作的指导,是永生也不会忘记的。

2013 年 12 月 31 日于北京莲花池

孙犁《幸存的信件》补遗

一

凡是友人写来的信件,看过后我都存放在一个很大的纸箱中,一封也未丢失。孙犁同志写给我的信件,和他退还我保存的我写给他的信件,都存放在一个大纸袋中,这便是后来出版的孙犁同志的《幸存的信件(给淮舟的信)》,一百二十七封;我的《津门书简》,即写给孙犁同志的信,一百二十封。

去年搬家,终于有了一间书房,书可以全部放在书橱里,信件也可以都放在书橱里。就在我放置这些信件时,忽然发现孙犁同志写给我的一封信,是1971年5月10日写的,寄往保定我爱人那里。显然,这封信我看过后,没有及时归入存放孙犁同志信件的纸袋中,而是和别人的信件放在一起了。因为没有整理,以致我调离天津之前,抄录孙犁同志信件时,遗漏了这一封。现在,先抄录于此:

淮舟同志:

　　为纪念党的五十周年大庆,《天津日报》的副刊,想约你写一篇稿子。你是否可以把你的小说摘一片断,或有别的材料另写成一篇散文亦可。

　　报社很希望你能支持。

　　我一切如常,希勿念。

　　此致

　　敬礼

孙犁
(1971年)5月10日

　　当时我正在河北涉县天津钢铁建设基地,在一家冶金建设公司的一个瓦工班当工人;而且正带着天津文化系统由六七个人组成的一个小组劳动锻炼、接受再教育、深入生活。孙犁同志约我写的稿子,没有完成。自1964年在《天津晚报》发表几篇"津郊速写",作家出版社出版了散文集《农村絮语》以后,直到1973年在《天津文艺》发表长篇小说《建设者》断片,这中间将近十年吧,我没有在报刊上发表过一篇东西,也没有出版过一本书。但究竟是什么原因,我没有应孙犁同志之约为《天津日报》写稿,确实记不起来了。现在想来,可能是孙犁同志的信转到我的手里,误了时间。

发现孙犁同志这封信,我很高兴。这样,他写给我的信件,就有一百二十八封了。

2007 年 5 月

二

淮舟同志:

收到你的信及小说稿,当即和过去旧稿放在一起,看到你保存的这些稿件,整齐完整,不胜感念。

我身体好多了,但有时仍头痛。还没有上班,市里仍希望帮着搞剧本,此事太难,只能尽力而为,我想自己写一提纲交卷,不知能完成否。

时常接到映山的信,他的《激动》修改稿,我又看了一遍,请你见面时告诉他:充实多了,但还不太紧凑,中间一段回忆,起了断隔的作用。

你的文章发表后，一定阅读。

问

宁莉同志好

孙犁

（1973年）3月22日

孙犁同志《幸存的信件（给淮舟的信）》出版后，前年搬家，归整书籍材料，发现孙犁同志1971年5月10日所写，寄往保定我爱人那里的一封信。我想，孙犁同志写给我的信，不会再有了。结果，今年我在翻检一位朋友1973年寄往保定我爱人那里的信件时，信封中竟然夹有孙犁同志写给我的一封信。这样，孙犁同志写给我的信就有一百二十九封了。

在这封信中，所说"小说稿"，是指在"文革"前他交我保存的一些稿件，其中包括《风去初记》第三集部分手稿，我搜集到的已经发表过而尚未结集的一些作品，尚未发表过的一些稿件如《回忆沙可夫》《黄鹂》《石子》《左批评右创作论》《关于儿童文学》《进修二题》等。孙犁同志在原配妻子孙师母去世之后，找过一位伴侣，当过一家著名的文学刊物的编辑，也写过一些作品。因此，我便把孙犁同志交我保存的东西，全部还给了他。后来，这些稿件我再也没有见过。1981年编辑《孙犁文集》时,需要影印《风云初记》的手迹,是费了很大的劲才从北京图书馆拍摄一页。

看到孙犁同志这封信,想到一些往事,更想念孙犁同志,他离开我们整整六年了。

2008年7月11日记于北京

孙犁怎么写作的

　　无论是广大的普通读者,还是众多的专业作家,都非常喜爱孙犁的作品。其原因在我看来,主要有这样两点:一是审美欣赏价值;二是写作示范意义。

　　1963年,《中国文学》法文版和英文版要译载孙犁的《山地回忆》等短篇小说,同时刊发关于孙犁的专访。这时,吕剑到了天津,我陪他去见孙犁。我记得好像并没有谈多长时间,但吕剑回北京后,很快便寄来一篇近五千字的《孙犁会见记》中文打字底稿。孙犁看后,大加赞赏,说这就叫"识力"。我还从未听见过他对于自己作品的评论文章,予以这样高度的评价。这篇打字底稿,一直由我保存。"文革"后,1979年人民文学出版社重印小说集《村歌》,孙犁把这篇文章作为附录,收入书中。每有各地来访,谈到他的创作风格等问题,他都是推荐吕剑的文章。也因此,辽宁师院曾打印五十份,分赠各文科院校。

吕剑的《孙犁会见记》,引人注目的是这样两个方面:一、孙犁的小说,总是写得那么短,那么单纯,那么明净;二、孙犁写女人,怎么这样传神?孙犁的回答:一是写小节,二是写柔情。他的这一文学主张,早在1941年,便写入了《区村和连队的文学写作课本》一书,即不断再版,还曾叫过《怎样写作》《文学入门》《文艺学习》;并把这种方法,始终运用在他自己的创作实践之中。在《文艺学习》一书中,孙犁写道:"作者不断地练习,使他能看出一个事物的最重要的部分,最特殊的部分,和整个故事内容、故事发展最有关的部分。作者强调这些部分,突出它,反复提示它,用重笔调写它,于是使这些部分,从那个事物上鲜明起来,凸现出来,发亮射光,招人眼目。"这样,虽然写的只是生活中的一个小小环节,读者可以通过这样一个鲜亮的环节,抓住整条环链,看到全面的生活,整个的人物。至于柔情,一般来说,妇女的性格和心思,都是通过很微细的动作、很含蓄的话语表露出来,这对作者来说,或是容易忽视,或是因为司空见惯,习以为常,而不予注意。但是孙犁则认为,一定要敏感到这些,捕捉住这些,并且格外予以重视;再加上联想,这个很微细的东西,必然又会得到进一步的升发。这样一来,写小节柔情,就能达到质朴、单纯和完整的统一。这是孙犁最为重要的写作方法,也可以说是一种传神之笔。他甚至在写给友人的信中说:"写文章最怕添油加醋,也怕只讲道理。主要是写人物的言与行。而且最好是多写些无关重要的小事,从中表现出这个人物的为人做事的个性来。"这里所讲无关重要的小事,实际上说的也是那些小节柔情。孙犁还进一步对这位友人说:"你写那种文章(指印象记),最好把你见到的我性格上的缺点也写进去,这样你的文章,就有了不同一般的性质。不要单纯歌颂,那样是站不住脚的。这是我对你最有用的建议。"这是引人深思的真知灼见,也是孙犁的独特之处,与众不同之处。

孙犁的理论和他的创作,是相互结合,相互印证,相互辉映的。他最喜爱自己写的抗日小说,在回答吴昌泰问"你最喜爱自己的哪几篇作品"时,他是这样讲的:"现在想来,我最喜欢一篇题名《光荣》的小说。在这篇作品中,充满我童年时代的快乐和幻想。对于我,如果说也有幸福的年代,那就是在农村度过的童年岁月。"这篇小说有一万字,是孙犁写的篇幅较长的一个短篇。写一个叫秀梅的女孩,鼓励村里一个叫原生的青年参军抗日,她自己也积极参加村里的抗日工作。后来淮舟同志：

来信收到，近两天，我身体很好，院内秋镶也擦，前天秋生来，甚家並不那样（今天打电话问了）仁孝

所以将来料理家临使来书，其实……

虑到这些事所以为业半罢了。

弟信说近……身体，秋凉后局有所改善也。文兰字写已字了甚来，……一本，映山……又不纸好，余动代候。

即千万幸，装帧亦似要将举，尽可保留一本……自……有人情孤罢了。

身体有了病，所以出院，自取已不僅……公情孤罢了。

前天孟柳青来半月，在河边青捕鱼一又晚仰山上去憾，尽煮吃，希望您仍永善院，院院而住，院内嘈杂，不理季也。

孙犁 九日下午

原生的媳妇小五离开了原生家,秀梅则一直等着原生的胜利归来。孙犁极富诗意地把农村的日常家庭生活,那些小节柔情,和伟大的抗日斗争、社会生活相联系,让新时代的光辉,在年轻恋人们的身上投下了有力的影响,使他们的生活和理想,发出了耀眼的光芒,从而也就使作品富有了鲜明的时代特色。

孙犁对我说过,他最喜爱的是《山地回忆》。这篇小说,写一个叫妞儿的女孩子,心疼在寒冷里没穿袜子的抗日工作人员,给他做了一双新袜子。看来这显然是生活琐事,但在孙犁抒情的笔墨下,写得非常亲切,洋溢着、激荡着感人的、亲如骨肉的平凡,以及朴实的劳动人民的人情美和人性美。在这里,孙犁正是通过这样的小节柔情,把人类最美好的情感,即人道主义的情怀,升华到了一种极致。

孙犁还对我说过,他的结构最完整的小说是《"藏"》。这个短篇,写新卯和浅花这对年轻、幸福的夫妻之间产生了矛盾,浅花对新卯有了疑心,两个人的关系一度很紧张。结果是新卯为了抗日工作,在村外菜园子里秘密挖地道。当敌人来扫荡,这个地道不仅掩护了抗日干部,浅花也在地道里生下一个女孩子,起名叫"藏"。

孙犁写得精彩的短篇小说,还有被人称为"天籁之声"的《琴和箫》,这一篇似乎尚未引起应有的注意;还有与《琴和箫》

几乎同时写出的《丈夫》,写一个年轻媳妇,在中秋节思念参军抗日的丈夫,结果收到丈夫托人捎来的信,快活了一晚上,竟连那圆圆的月亮也忘了看;还有家喻户晓的《荷花淀》,以及《芦花荡》《碑》《钟》《嘱咐》《纪念》《浇园》《蒿儿梁》《采蒲台》《吴召儿》《小胜儿》《正月》等。当然,还有中篇小说《村歌》《铁木前传》、长篇小说《风云初记》。

1963年,孙犁在给我的一封信中写道:"文章以气为主,当写时不能无锋芒,最好于心平气静时,多做几次修改,这样则义正而词有含蓄,最为妥当,亦'经验'也。"他就是写一篇短文,也是全力以赴,写完后满脸涨红,用他自己的话说,就像是母鸡刚下过蛋一样。他所写的作品,在发表和出版之前,总是反复修改,进行艺术锤炼。在写作的时候,就是一篇很短小的几百字的文章,他也是经过深思熟虑之后才下笔,精雕细琢,出奇制胜。在作品发表以后,不管是长篇还是短篇,一般情况,他都能大体背诵出来。说明这些作品,在写作的时候,他是看过多次,改过多次;就是在作品发表以后,他还要看若干次。就像是一个铁匠,打制他的产品,要在铁砧上锤击砥砺。孙犁这种对待艺术的严谨的、精益求精的态度,使得他的作品,具有一种令人击节的乐曲的节奏,达到了一种可以叫作诗的优美的境界。

因为工作关系，我读过孙犁大量手稿。面对着那些呕心沥血的文字，不能不对他写作的认真态度肃然起敬；也就知道，他那简洁、隽永、秀丽、含蓄的文字，是怎样写出来的。不要说一句话的增删，一个词语的改易，能够使得意味深长，形象鲜明；就是一个"的"字，一个"了"字，甚或是一个标点符号的调动，也能使得思想加深，节奏、音韵和谐。1963年春天，孙犁连续写了四篇散文——《回忆沙可夫同志》《清明随笔——忆邵子南同志》《黄鹂》《石子》。孙犁把稿子寄给我以后，接着又给我写了两封信，要对稿子做些修改。在一封信中，要对《回忆沙可夫同志》一文做两处改动：一、"最后得意忘形……跌了下来"删去；二、有一段有两处"戏剧大师"，都改为"戏剧家"。在另一封信中，附着两大段文字，一段补入《石子》，接补地点为"整个的采捕过程，都不能引起我的兴趣"之后；补入《清明随笔》的，接排在"他的为人表现得很单纯"那一段的后面。这真使我吃惊，稿子只一份，在我手里，孙犁竟能背着稿子进行修改，可见已经烂熟于心。1981年秋天，我手里有一篇孙犁为《张志民小说选》写的序言，当我去看望他时，他让我把稿子寄给《小说林》，并且叮嘱把勾掉的一个字再画回来。稿子就在我的手提包里，便取了出来，要改动的一段文字，原稿是这样写的："是的，志民和许多人，经历了这样的一段历史。

他度过了艰苦贫寒的童年,然后进入了反抗残暴侵略的行列;他们学会了运用文字,这些文字,是伴随着枪声,射向敌人的。是伴随着犁耧,生产粮食的。""他度过了艰苦贫寒的童年"一句,在"他"字的后面有一个"们"字,被勾掉了,要画回来的,就是这个字。孙犁对他文稿中的每一个字,竟然熟悉到了这样一种程度。正如他在《文艺学习》一书中所写:"要熟悉你的语言,像熟悉你的军队,一旦用兵,你就知道谁可以担任什么角色,连战连捷。写作,实际就是检阅你的军队,把那些无用的、在战场上不活跃的分子,当场抹去他的名字,叫能行的来代替吧……选择语言,也如同农民选择好的种子,那样他才有希望使禾苗丰收。"

孙犁的写作,不仅有着文学理论的指向,而且有着文化修养的支撑。在抗日战争开始,正式走上文学道路之前,从1929年到1938年参加抗日工作,他已有十年寒窗苦读,读了很多"五四"以后的新文学作品,刚刚翻译过来的苏俄文学作品和一些社会科学、文艺理论著作。他很喜欢普希金、梅里美、果戈理、高尔基的短篇小说和屠格涅夫的长篇小说,喜欢他们作品里的那股浪漫气息,诗一样的调子和对于美的追求。他也喜欢契诃夫的短篇小说,写得单纯、朴素、简练、真挚。曹雪芹的《红楼梦》是孙犁非常喜欢的一部书,其中对众多女性的描写,尤为欣赏赞叹。他最为喜欢的还是鲁迅,非常注意鲁迅的抒情的方法,叙述和白描的手法,特别是作品中的那种内在的精神,对人生态度的严肃,和对所写人物命运的关注。这一时期孙犁的读书,称得上是真正的苦读、细读、熟读、精读,一些作品的章节段落,他是能够背诵下来的。在保定读中学时,下课后跑到读报栏前,站着阅读鲁迅发表在《申报·自由谈》上的杂文,直到能背诵下来才肯离开。在北平流浪和在白洋淀边同口小学教书时,把所读书中喜爱的段落抄录下来,贴在墙上,背过了就再换上一些别的。记得1962年秋天,在颐和园云松巢,我协助孙犁校阅《风云初记》,休息时谈起《红楼梦》,讲到晴雯这一人物,他竟然大段引用原文,背诵了晴雯补裘这一情节。他向我谈起鲁迅翻译的果戈理的《死魂灵》,非常称赞,在这部书里,果戈理把自己对俄罗斯祖国的热烈希望,就是作为一个忠实儿子的情感,写进去了;并且向我背诵了那架旧式的马车,在俄国风雪的道路上奔驰,果戈理的赞叹之词。孙犁崇敬鲁迅,对鲁迅的著作,更是非常熟悉。有一次,我向他谈起姚文元的父亲姚蓬子的一件事,他当即说出,在鲁迅某年某日的日记中有记载。他还对我说过,鲁迅的《朝花夕拾》,他是一生都放在案头的,尽管已经对这本书非常熟悉,一些段落和篇章都能背诵,但是还要经常翻看、阅读和体味。正是这样的文化修养和艺术师承,影响了孙犁的写作手法和语言的运用,以及风格的形成;加之他的生活经历、时代影响,尤其是情感经历、性格气质,造就了为世人所称颂的一代名家孙犁。

2011年3月7日

读孙晓玲《布衣:我的父亲孙犁》

前几天,三联书店罗少强同志寄给我一本晓玲写的《布衣:我的父亲孙犁》,我在写给少强的信中有这样两段话:

> 晓玲的书,其中有几篇我曾看过,印象就很好。现在见到书,用了整整两天时间,依次、全部、仔细、认真读过,动人的细节,真挚的情感,令我多次涌出热泪。这是一部有独特内容、独特价值和独特意义的书,我要向晓玲衷心祝贺;三联书店做了一件功德无量的事,我要向你们深深三鞠躬!

> 晓玲这部书,是会产生深刻、广泛影响的,是能与孙犁同志的著作一起传世的。对于晓玲终于成为一名作

家,我欣慰不已。请便中把我读后的喜悦心情告诉晓玲,希望她继续努力,更上层楼。

现在,少强又让我发言,因为时间的关系,只简单讲一点,就是这部书为研究孙犁同志的作品,提供了大量的、一手的、极为鲜活的,也是极其宝贵的材料。当前对于孙犁同志作品的研究,无疑是取得了可观的成果,但也有不尽如人意之处:有的较为陈旧,缺乏新材料、新观点;有的又太新奇,可能是从国外引入的观点,和孙犁同志作品的实际情况有些隔膜;再就是和当前的创作实践脱节——对孙犁同志作品的研究,其更重要的意义之一,就是要对创作实践产生影响,如作家语言的形成与创新,作家气质、师承与风格形成的关系,作家文化素质与作品格调的关系,题材的写实与抒写的空灵的关系,作品的魅力与传世作品的必备条件,等等。孙犁同志现实主义的创作方法,最鲜明、最突出、也最为人击节赞赏的特点,一是写小节,二是写柔情,三是写诗意,这既是他的文学理论——早在1941年所写《区村和连队的文学写作课本》,即后来一再出版的《文艺学习》一书中就提出来了;也是他的创作实践,不仅写小说是这样,写散文和评论文章也如此——他把自己的理论和实践,最完美地结合起来了。

　　1963年，《中国文学》英文版和法文版译载孙犁同志的小说，要配发一篇专访，吕剑同志去天津访问孙犁同志，写了一篇《孙犁会见记》，文章中特别强调：因为写小节，孙犁同志的小说，总是写得那么短，那么单纯，那么明净；因为写柔情，孙犁同志写女人，才那样传神。孙犁同志看过这篇文章，非常满意，对我说：这就叫识力。1979年，人民文学出版社再版小说集《村歌》，孙犁同志让把这篇文章附上了。在晓玲这部书中，可以看到：在日常生活中，孙犁同志多么重视小节，如何思考小节，怎样运用小节；在他的心灵中，多么地柔情似水；他又是怎么把儿女情、家务事，升华到诗意的境界、美的极致——正如晓玲在《摇曳秋风遗念长》中所写："在父亲的《荷花淀》《嘱咐》《丈夫》中，我都看到了极其熟悉的举止身影。其中有些对话，仿佛'原封不动'就是母亲讲的。我甚至这样想：如果没有我母亲这么善良质朴、柔婉多情和心灵美的妻子，也许就不会有《荷花淀》；如果没有我母亲对父亲无私的爱和倾力支持，父亲就不可能在延安的土窑洞里，使着劣质的笔，蘸着自制的墨水，在粗糙的草纸上，饱含激情、行云流水般地写出那些优美文字，就不可能连草稿都不打，自然而然'就那么写出来'诗样文章。"又在《蕴含亲情的笔名》中写道："在很多时候，父亲从平凡、真实的现实生活中，信手拈来一些情节、语言，不加修饰地写进作品里,这是他独到的艺术功力,使他的作品意趣天成,也使他的作品充满浓郁的乡土气息,展现了冀中平原的风俗民情。"

过去我们许多不知道的、不清楚的、一知半解的东西,读过晓玲的书以后,知道了,清楚了,明白理解了。这有助于我们进一步了解孙犁同志的为人,深入理解孙犁同志的作品,从而也就更有助于我们学习孙犁同志崇高的品质、高超的理论和精湛的艺术,继承和发扬他的伟大的文学遗产。

感谢晓玲,用了十年时间,向社会奉献出这样一本好书,这也是对孙犁同志的最好的纪念。

(2011年7月12日,在纪念孙犁同志逝世九周年暨孙晓玲《布衣:我的父亲孙犁》出版座谈会上的发言)

孙犁:一九六二

从1956年到1976年,孙犁同志这二十年,用他自己的话说,是"十年荒于疾病,十年废于遭逢"。一些研究专家也常常引用这句话,来说明孙犁同志这一时期在写作上出现的空白。仔细分析一下,孙犁同志这句话,带有一定的文学修饰色彩,不能简单地仅从字面上去理解,前十年养病,后十年挨整,似乎这二十年什么东西也没写,什么事情也没做;或者说,写了些东西,做了些事情,但却微不足道,可以忽略不计。这样来认识,既不符合实际的情况,也断隔了前后的联系。

1956年,孙犁同志究竟何时停止写作?一般说法,写完《铁木前传》之后,因病停止的写作。《铁木前传》所署写作时间是1956年初夏,实际上,孙犁同志在这一年的8月13日,还写了一篇文章《左批评右创作论》,批评文艺界越来越"左"的文风,并引用契诃夫对一些批评家的看法——他们对于作家的工作来说,就像正在耕作的马的肚皮上飞扰的虻蝇。由于言词、观点尖锐、激烈,直指党委宣传部门,这篇文章当时未能发表。二十多年后,1979年1月底修改,在《天津日报》发表时,原稿中"它常常并不是群众的意见,而是来自党委宣传部门",改为"它常常并不是群众的意见,而是从来也不理解作品的生活实际,只会板'正确'面孔的个人的武断"。在我看来,这是孙犁同志最具火力的一篇批评文章,对周扬在文代会的报告中批评《风云初记》第二集,表示了强烈的不满。写了这篇文章之后,直到1961年底,五年多时间,孙犁同志一直处于养病状态,除写了几首旧体感怀诗、若干短信,小说、散文一篇未写。《左批评右创作论》,连同1950年3月25日、26日写的《两天日记》,最能代表孙犁同志进城以后七八年间的思想情绪。《两天日记》表明了孙犁同志敏感到当时人与人之间关系的变化,在思想上所产生的忧虑。为了召唤良善的人情、人性的回归,他写了短篇小说《山地回忆》(他曾对我说过,这是他写得最好的一篇小说);后来又在《铁木前传》中,借着对美好、欢乐童年的回忆,写了友情的破裂。如此重要的两篇文章《左批评右创作论》和《两天日记》,好像并没有引起评论家们的注意,而被忽略了。

就在孙犁同志开始养病的 1956 年，我考取了南开大学中文系。1957 年幸运地躲过了反"右"这一劫之后，直到 1961 年毕业，在一次又一次的政治运动中，每次我都陷入困境，赐给我的恶名是"白专道路，成名成家"，毕业前去河北农村参加整风整社，我还是被视为监教的对象。看不到有任何的前途，却又心有不甘，唯一有可能改变我未来命运的途径，就是拼命读书。于是，我开始研究孙犁同志的作品，想写一部书稿。尽管当时孙犁同志的作品，不断受到来自各方面的批评，周扬在文代会报告中对《风云初记》的指责最为严重——这些，我竟全然不顾，因为孙犁同志是我最喜爱的作家，从到保定上初中起，就读他的作品，并练习写作。这时再读他的作品，至少对我的苦闷的心灵是一种慰藉。在学校我背着所有的人，偷偷地做起了这件事情。但我还是给孙犁同志写了一封信，他于 1959 年 12 月给我写了回信，我这才知道他身体不好。他的来信虽然简短，却给了我很大的鼓舞力量。经过几年时间，我终于写出一部题为《论孙犁的文学道路》的书稿。毕业前夕，我把它寄给了《新港》编辑部，主持编辑部工作的万力同志看后，决定选发关于《铁木前传》的章节；我也因为这部书稿，毕业后来到《新港》编辑部工作。

孙犁著《津门小集》

孙犁著《白洋淀之曲》

孙犁著《文艺学习》

孙犁著《文学短论》

孙犁给舟淮舟的信（1962年2月8日下午）（一）

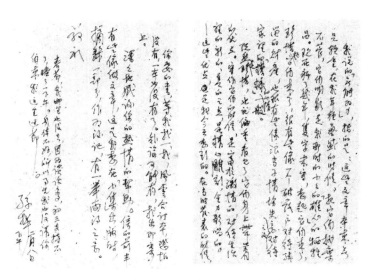

孙犁给冉淮舟的信(1962年2月8日下午)(二)

　　《评〈铁木前传〉》一文排出了清样,却未能发表,那时孙犁
同志的作品仍然处于一种风雨飘摇之中,尤其是对于《铁木前
传》,批评的声音可谓此起彼伏。时任天津市委宣传部主管文
艺的副部长方纪同志,不同意发表此文。他写的小说《来访
者》,刚刚受到一场批判,心有余悸,担心天津发表为《铁木前
传》叫好的文章,可能会引起不好的后果。于是,万力同志又
让我根据《论孙犁的文学道路》这部书稿,写成一篇文章,这便
是刊登在1962年5月号《新港》上的《美的颂歌——孙犁作品
学习笔记》。我在文中指出,孙犁同志作品的巨大艺术力量,

是因为写出了劳动人民的人情美和人性美——结果,在"文革"前的突出政治大讨论中,被批判"打着纪念《在延安文艺座谈会上的讲话》的红旗,公然宣传了资产阶级唯美主义和修正主义人情味、人性论",定为"毒草";我也在随后的"文革"运动中,被打成《新港》黑帮集团。

我是1961年9月到《新港》编辑部做编辑工作的。10月,万力同志让编辑部副主任劳荣同志,带着我和另外几位青年编辑,去看望孙犁同志。劳荣同志是诗人、翻译家,在天津日报社文艺部和孙犁同志一起工作过很长时间。这是我第一次面见孙犁同志。他说他的身体比前几年初得病时好多了,但看上去还是不很健康。谈话间我讲到,在南开大学图书馆查阅《天津日报》等报刊,见到署名纪普、孙芸夫、纵耕、少达、石纺的一些文章,我判断都是孙犁同志写的,纪普、孙芸夫、纵耕、少达、石纺是孙犁同志的笔名。孙犁同志听后,点头笑了。于是谈起将这些文章辑录成书的事,我说我在笔记本上记下了篇目,可以抄录。这时孙犁同志从书橱的抽斗里取出一个信封交给我,里面装着几篇剪报。

此后,我利用编辑工作之余,查阅《天津日报》,抄录没有剪报的孙犁同志的文章。1962年春节,我没有回老家探亲,在那几天时间,整理、编排、校对了孙犁同志这本书稿。我给孙犁同志写了一封信,连同散文集稿本寄给了他。孙犁同志看到信和稿本后颇为激动,当天下午即给我写了一封长信,并说明信的前半有些像作文章,是想在这本书出版时,摘录一部分,作为后记,有一举两得之意。第二天,孙犁同志又给我写一封信,把散文集定名为《津门小集》,并附后记和原拟所写很长后记的开头部分,仍然流露着他五年前所写《左批评右创作论》中,对写作的社会环境的不满。在这封信的结尾,孙犁同志抄录了两首题为《自嘲》的近作七言绝句,又另纸抄录一首七言律诗,反映了他在那一时期有些无奈而又要有所建树的思想情绪。

《津门小集》于1962年9月由百花文艺出版社出版。1950年2月,孙犁同志曾由天津读者书店出版一本《农村速写》,全部是写农村生活;这本《津门小集》,大部分是写城市工厂生活,可以视为《农村速写》的姐妹篇。

就在《津门小集》编辑过程中,同时还进行着《风云初记》三集和《文学短论》三编的编辑工作。

《风云初记》第一集,写于1950年7月至1951年3月,在《天津日报》连载,由人民文学出版社出版单行本;第二集,写于1951年3月至1952年3月,在《天津日报》连载,由人民文学出版社出版单行本;并且,人民文学出版社还出版了第一、第二集合本。第三集,写于1953年5月至1954年5月,《天津日报》两次发表十节,《人民文学》一次发表五节,《新港》一次发表五节,有十节(十六至二十、二十六至三十)尚未发表。就在此时,周扬在文代会所作《建设社会主义文学的任务》报告中,对《风云初记》第二集提出了严厉的批评:"孙犁在他的《风云初记》第一部中生动地描绘了抗日战争爆发,冀中平原儿女纷起抗敌的真实图画,但当读者正盼望在第二、第三部看到冀中人民如何英勇地坚持斗争和开辟游击战争根据地的时候,作者却把我们带到离开斗争漩涡的中心而流连在一种多少有些情致缠绵的生活气氛里,这就使第二部中的描写成为软弱无力了。"这就不难理解,孙犁同志为什么写了《左批评右创作论》那样一篇文章,他的这种不满情绪,几年后又在《津门小集》后记中,尤其是拟写的较长后记的开头部分表现了出来。因为有了周扬的这种批评,也就不能继续发表《风云初记》第三集未发表的章节,更谈不上出版单行本及第一、第二、第三集的合本。

从1961年开始,文艺政策有所调整,紧张的政治气氛缓和了一些。万力同志是一位有远见的编辑家,他让我向孙犁同志约稿,新作、旧作同样欢迎。孙犁同志答应将《风云初记》第三集中十六至二十共五节交《新港》发表,这便是《新港》

1962年4月号的《山路》和5月号的《河源》。社会反映很好，万力同志决定《新港》连载《风云初记》第三集，重新发表过去已刊发部分。这时，人民文学出版社也来人拜访孙犁同志，联系出版《风云初记》第三集单行本及第一、第二、第三集的合本。

我着手编辑《风云初记》第三集：《天津日报》发表的一至五节，孙犁同志有剪报；未发表的十六至二十节、二十六至三十节，孙犁同志有手稿；《天津日报》以《家乡的土地》为题名发表的六至十节，《人民文学》以《蒋家父女》为题名发表的二十一至二十五节，我从报纸和刊物上抄了下来；《新港》以《离别》为题名发表的十至十五节，我从《新港》编辑部资料柜中找到两本刊物剪了下来。稿子备齐了，我又仔细校阅一遍，送给孙犁同志。他在2月24日晚写给我的信中说："今日已把《风云》三集之结尾写好，尚觉满意。如此，则此集已大致就绪矣。……三十节——结尾，系一诗一大段抒情尾声。"

《新港》从1962年7月号起，连载《风云初记》第三集，至11月号结束。与人民文学出版社商定：他们排出的《风云初记》第三集清样，照《新港》已发稿改校后，我再协助孙犁同志校对。11月初，我去北京颐和园云松巢，协助孙犁同志为人民文学出版社校对《风云初记》一、二、三合集，办法是我读他听。仅进行了一天，因为孙犁同志觉得头有些不适，我便到人民文学出版社招待所接着校了几天,把全书校完。

1963年3月,人民文学出版社以作家出版社的名义,出版了《风云初记》第一、第二、第三集合本;同年6月,出版了第三集单行本。

《文学短论》的编辑工作,因为上海文化工作社于1950年12月出版了一本《文学短论》,1953年3月又出版了一本《文学短论》续编,我建议孙犁同志编一本《文学短论》三编。他在1962年2月24日晚写给我的信中,让我编好目录,给他看看,并同意就叫《文学短论》三编。在信的结尾,颇感欣慰地写道:"我们在短短期间,把三本小书弄出个头绪,想起来也算不错了。"人民文学出版社得知,表示愿意出版此书,并提出正、续、三编合印。我也早就有此想法,于是排出正、续、三编目录,备好稿本,仔细校阅后,寄给孙犁同志订正。他在3月4日晚写给我的信中说:"《短论》三编合出,甚佳。"后来与出版社商定出一个选本,孙犁同志写了一篇《〈文学短论〉新版后记》,一千几百字。在1963年11月人民文学出版社以作家出版社名义印《文学短论》时,孙犁同志又把后记删削,仅剩一百多字。

孙犁同志在1962年3月4日晚给我的信中写道:"我想找一本在冀中油印之《区村和连队的文学写作课本》,因后来之《文学入门》以及《文艺学习》各版,系我删后付印,而当时不知是什么情绪竟删去三分之一,现在想来,实觉可惜。你便中可和百花商量一下,问问他们能不能从保存《冀中一日》的那位同志那里,探寻一下有没有这本书。"《文艺学习》是1941年孙犁同志参与编辑《冀中一日》后,根据自己的心得体会所写,冀中文建会1942年春油印出版,书名为《区村和连队的文学写作课本》,在八路军第三纵队的《连队文艺》、晋察冀的《边区文化》上也连载了。吕正操、黄敬同志把这本书带到太行山区,铅印一次,书名改为《怎样写作》。1947年冀中新华书店出版时,孙犁同志删去了主要谈及理论的前四节和后六节,剩下的多是分析《冀中一日》作品即谈创作实际的部分,书名改为《文学入门》。太岳新华书店和中南新华书店分别于1948年和1950年,重印了这个版本。1950年上海文化工作社印行这个版本时,书名改为《文艺学习》。上海文艺联合出版社和上海新文艺出版社分别于1954年和1956年出版的《文艺学习》,也是这个版本。

人民文学出版社得知孙犁同志想要恢复《文艺学习》的原貌后,便决定重印这本书,但是苦于找不到原本。过了很长时间,孙犁同志于11月15日晚写信给我,说康濯同志处存有油印《区村和连队的文学写作课本》。不久,康濯同志亲手把这本书交给了孙犁同志。当天夜晚,孙犁同志便浏览一遍。第二天即给我写信，让我把删去的部分，抄好补入《文艺学习》。后经孙犁同志订正，写了一篇新版题记，附录了《怎样体验生活？》《和下乡同志们的通信》，人民文学出版社于1964年8月以作家出版社名义出版。

　　我知道孙犁同志是写过一些诗的，1962年7月，当我在《冀中导报》上，看到他的《翻身十二唱》，便想协助他编一本诗集。不久，我从晋察冀通讯社编印的《文艺通讯》上，看到了孙犁同志1939年12月2日写于阜平东湾的叙事诗《白洋淀之曲》，立即给他写信说："看了《白洋淀之曲》，对于编诗集，我是充满信心的。"孙犁同志在写给我的回信中说："如果我们真的能编一个诗集，使我也得有诗问世，真是不错。我们是要编一个诗集的。"此前，孙犁同志出过一本儿童诗集，1951年4月由天津知识书店以"新儿童读物"出版，包括四首叙事诗的《山海关红绫歌》。孙犁同志在看过《白洋淀之曲》抄稿后，又给我写信说："《白洋淀之曲》似尚可用，第三部颇为激动，这种调子，在我以后的作品中少见。编诗集拟用为首篇。"于是我整理好稿本，孙犁同志订正后，1963年8月10日写了后记，定书名为《白洋淀之曲》。这本诗集，1964年4月由百花文艺出版社出版。

　　1962年夏天，我去冀中平原深入生活，在肃宁县档案馆，看到一些残破的《晋察冀日报》《冀中导报》《平原杂志》,翻阅后竟然发现孙犁同志的短篇小说《爹娘留下琴和箫》,散文《二月通信》,诗歌《翻身十二唱》,和《〈平原杂志〉第三期编辑后记》,便抄了下来。回天津后,立即把这些抄稿给孙犁同志送去。孙犁同志于当日夜间便给我写了一信,说:"我想把旧作四篇,联为一组,加一前言,各附后记,找一地方发表之。"并附上已经写出的前言——这一组文稿最初叫《旧篇杂缀》,后改为《旧篇新缀》。接着,孙犁同志又相继写了四篇后记,分两次寄给我。后来我把收集到的孙犁同志的旧作,连同新写的一篇前言、五篇后记和五篇散文,编出了《旧篇新缀》稿本,并经孙犁同志过目定稿。但因为政治气氛越来越紧张,这部书稿在"文革"前未能出版。

1962这一年,除了编辑《津门小集》《风云初记》《文学短论》《文艺学习》《白洋淀之曲》和《旧篇新缀》,孙犁同志还为中国青年出版社重印《白洋淀纪事》校阅一遍,改正一些重要的错字,增加了《张秋阁》等六篇文章,并写了《再版附记》(1962年1月)。还写了不少作品,除了为编辑上述各书所写前言、后记外,尚有五首旧体诗和七篇文章:《自嘲》(二首,1962年2月9日)、《勤学苦练》(1962年2月13日)、《回忆沙可夫同志》(1962年3月11日)、《1962年3月28日晨承光殿看玉佛》(三首)、《清明随笔——忆邵子南同志》(1962年4月1日)、《黄鹂——病期琐事》(1962年4月)、《石子——病期琐事》(1962年4月)、《某村旧事》(1962年8月13日夜记)、《读〈作画〉后记》(1962年8月24日夜记)。

这一年,孙犁同志给我写了二十五封信,连同后来写给我的信件共计一百二十九封,题为《幸存的信件(给淮舟的信)》,1979年9月10日孙犁同志写了《幸存的信件序》,2003年6月由长征出版社出版;这一年,我写给孙犁同志二十封信,都被他保存下来了,连同后来我写给他的信件共计一百二十封,题为《津门书简》,1980年10月25日灯下他写了题记,2003年8月由华龄出版社出版。

在1966年以前,孙犁同志分几次把他的著作、未发表诗文手稿、清样和一些照片交我保存,并且退还了我写给他的信件;留在他手中的,是《旧篇新缀》稿本和1962年新写《病期琐事》(即《黄鹂》《石子》)、《回忆二则》(即《忆沙可夫同志》《忆邵子南同志》)手稿;油印本《区村和连队的文学写作课本》一书,用过后即还给了康濯同志。

孙犁同志保存的稿子,因为"文革"中几次抄家,都损失了。幸运的是,1962年《新港》连载了《风云初记》第三集,人民文学出版社出版了第三集单行本和一、二、三集的合本;否则,后来人们看到的《风云初记》，就是一个残本，而不是一个完整无缺的本子了。《旧篇新缀》稿本，全部是我手抄，新写前言和五篇后记的原稿，还都保存在孙犁同志写给我的信件中。"文革"后，这些稿子我又全部重新查找抄录下来，只是《琴和箫》一篇费事不小——这篇小说，1962年我在河北肃宁见到的就是《晋察冀日报》残页，经过"文革"损毁了；我又先后到天津人民图书馆、南开大学图书馆、北京图书馆、北京大学图书馆，查阅《晋察冀日报》，都未找见；后来，在《人民日报》资料室找到了。孙犁同志看到抄稿后，在原来所写后记之后，又补记一段，说这是读者喜闻乐见的文事逸趣。这些旧稿，"文革"后分别收入《晚华集》《秀露集》《琴和箫》《耕堂杂录》等书中。新写未发手稿共五篇，即《回忆二则》(《忆沙可夫同志》《忆邵子南同志》)、《病期琐事》(《黄鹂》《石子》)、《某村旧事》，我手中有排印稿——前四篇原拟在《新港》发表，后一篇在《河北文学》发表，孙犁同志感到政治气氛开始紧张，以修改为名都撤下来了。"文革"后，这部分文稿都在报刊发表，并分别收入《晚华集》《秀露集》中。

这里要说明一下《清明随笔——忆邵子南同志》。1962年3月11日，孙犁同志写了《忆沙可夫同志》，寄给我，经万力同志过目后决定在《新港》发表；4月1日，孙犁同志写了《清明随笔——忆邵子南同志》，即为《天津日报》拿去于4月5日发表，当天孙犁同志给我写信，说后来又补写两段，因已打版未及刊出。我请示万力同志，《新港》可同时发表孙犁同志忆沙可夫同志和忆邵子南同志的文章。孙犁同志让我在忆邵子南同志文章中，补上《天津日报》未及加上的两段，约有五百字，并同意《新港》刊出，总题为《回忆二则》，小标题：一、《忆沙可夫同志》；二、《忆邵子南同志》。2008年12月文汇出版社出版的《孙犁文集·天津日报珍藏版》，收入孙犁同志在《天津日报》发表的全部文章，在《清明随笔——忆邵子南》一文的注释中，说是作者在1981年编辑《孙犁文集》时增加了两个自然段，显然编者没有看过孙犁同志写给我的信件(信已收入《幸存的信件》、《芸斋书简》续集、《孙犁全集》中)，而做出了这样的误判。误判并未到此为止，天津一位教授、专家写了一篇推荐这一版本的文章《一个不可取代的版本》，则据此推论："这两个自然段的内容非常重要。孙犁当时没有写出来，有可能是受到当时的局限，也有可能是病中的孙犁暂时忘记了这些内容，但无论如何，如果没有编辑的这一说明，我们就无法了解到这一重要的信息。"这里，无疑作者又弄错了。孙犁同志多次强调，写关于他的文章，要读他的作品。我认为，一定要细致地读、认真地读——也只有这样，才能避免把他的战友陈乔和陈肇视为一人，把他的家乡安平县和他教过书的安新县混同一县，分不清他战斗过的太行山区和冀中平原、晋察冀边区和冀中区；在《孙犁全集》这样重要的版本中，竟然重复出现孙犁同志写给同一人的同一封信……这都情有可原，查一查书，改正过来就可以了。问题是，有的人搬弄是非，蛊惑人心，混淆视听，浑水摸鱼，这就不好办了——不过，时间是公正的，历史是公平的，随着时间的推移，什么事情都会弄清楚的。

话又说回来，还给康濯同志的油印本《区村和连队的文学写作课本》，很可能在"文革"中损毁了。如果真是这样，那就应该庆幸，"文革"前出版了完整的《文艺学习》的本子。否则，现在见到的本子只能是删节的。要知道，正是在《文艺学习》中，孙犁同志提出了写小节这一创作理念："作者不断地练习，使他能看出一个事物的最重要的部分，最特殊的部分，和整个故事内容、故事发展最有关的部分。作者强调这些部分，突出它，反复提示它，用重笔调写它，于是使这些部分，从那个事物上鲜明起来，凸现出来，发亮射光，照人眼目。"这样，虽然写的只是生活中的一个小小环节，读者可以通过这样一个鲜亮的环节，抓住整条环链，看到全面的生活，整个的人生。孙犁同志自己始终坚持这一观点，并运用在他的创作实践中，不仅写小说如此，写散文、杂文也这样。这是引人借鉴学习的真知灼见,也是孙犁同志的独特之处,与众不同之处,他的理论和他的创作,相互结合,相互印证,相互辉映。《文艺学习》一书,不仅对我国的当代文学产生了广泛、深远的影响,而且对文坛上荷花淀这一文学流派的形成,起到了催生和指导的作用。

我是1963年底受机关指派参加天津郊区"四清"运动的,孙犁同志交我保存的那些著作、文稿、书信、照片等,我担心放在纸箱中丢失损毁,便都放在了保定我爱人那里。她在一央企大厂子弟学校教书,也住单身宿舍,"文革"开始后,保定"武斗"严重,她所住的单身宿舍楼,成为两派攻防的重点。我叮嘱过她,无论丢失损毁什么物品,也要保住孙犁同志这些东西。因为当时孙犁同志和我,都处于运动的漩涡之中,命运不测,保住这些东西,运动后期可以证明孙犁同志和我在"文革"前那些年,都做了些什么。1967年4月间,我爱人怀着身孕背着这些东西,从保定来到天津,在北京永定门火车站换车时流产。直到1979年我调离天津前,把孙犁同志写给我的信件抄出装订成册,送给他留作纪念时,才把这些情况告诉了他。孙犁同志随即把这些情况,写进了《幸存的信件序》一文中。尽管有着这样一些遭遇,《左批评右创作论》《回忆沙可夫同志》《清明随笔——忆邵子南同志》(增补稿)、《黄鹂——病期琐事》《石子——病期琐事》《某村旧事》《关于〈荷花淀〉被删节复读者信》《为外文版〈风云初记〉写的序言》《关于儿童文学》《进修二题》等文稿,终于保存下来了。

明年,是孙犁同志一百周年诞辰,我以回忆1962年和他的交往,来寄托我的哀思。1962这一年,在孙犁同志七十余年(从在保定育德中学开始写作)的文学道路上,可能算不上是最光辉灿烂的一年,但却是不可忽视的一年,值得重视的一年。当我忆起这一年,就不能不想到《新港》编辑部和万力同志,不是《新港》热诚地向孙犁同志约稿,没有万力同志的魄力和支持,我可以肯定地说,孙犁同志不会在1962年取得如此丰硕的文学成果。因此,在写作这篇文章时,我非常怀念当年在《新港》一起工作的同志们,特别是万力同志——在延安鲁迅艺术文学院学习时,他就写出了《我的自传是怎样写成的》那样优秀的短篇小说,在《解放日报》副刊以头条刊出,成为鲁艺的一颗文学新星;后来,他把毕生的精力,献给了为他人做嫁衣的编辑事业。如今万力同志也已离开我们,在纪念孙犁同志之际,我也向万力同志献上心香一片。

2012年12月10日于北京莲花池

孙犁没有离开我们

在纪念孙犁同志百年诞辰之际,我最想说的话就是:他没有离开我们。这个我们,指的是我自己和的广大读者。对于我个人来说,他的健朗的面容,经常映现在我的眼前;他那爽朗的笑声,也时常响在我的耳边。阅读他的作品,成为我生活的一部分,虽说这些作品已经读过多次,但爱不释手,总是不断地再看,享受畅快的艺术之美和对自己的人生所给予的信心和力量、理想和希望。对于广大读者来说,则是越来越深入人心。曾经在很长的时间里,孙犁同志的作品,包括长篇小说《风云初记》,中篇小说《村歌》《铁木前传》,短篇小说《荷花淀》等,总是处于一种风雨飘摇之中。主要是来自官方宣传部门,批评作品有小资产阶级情调,阶级界限模糊等。让人惊异的是,这并未影响到群众的阅读,反而是更加喜闻乐见了。可以说,孙犁同志的作品,不管经过多少风雨,多少关山,都顺利地通过了长期的历史的严峻检阅。现在,以其原有的姿容,完整的队列,编入《孙犁文集》,全部呈现在世人面前了。

孙犁同志的小说、散文、诗歌,不仅清新秀美似白洋淀里的荷花,而且蕴含丰厚如冀中平原的物华天宝,形成了独特的鲜明风格,为人民群众所喜爱;他的理论文章,可谓相互辉映,从对社会、人生的深刻见解到语言、文体的清新别致,早就为文学界所称许。孙犁同志晚年的"耕堂十种",继承和发扬了鲁迅先生的文学传统,评论社会,切中要害;减否人物,不留情面;针砭时弊,一语中的;探究人性,深入骨髓。笔力不减盛年之健,创作不减盛年之丰,无论是对于历史的回顾,还是对于现实的关注,都有着深刻的启迪和教益。孙犁同志的全部作品,呈现给我们的是一颗赤子之心,家国情怀。

孙犁同志取得如此卓越的文学成就,不仅仅是因为他具有渊博的学识和丰富的阅历,更重要的在于他对人生和文学的真诚态度。他一向强调作家的人格修养,强调人品与文品的一致,强调作家的立命修身之道。同"五四"以来的众多杰出作家一样,他是一棵独立挺拔的大树,而不是随风摇摆的小草,他的根须深深扎入泥土,与人民和土地同呼吸共命运。从

孙犁给冉淮舟的信（1964年9月20日）（一）

孙犁给冉淮舟的信（1964年9月20日）（二）

不卖招牌,也不求轰动,只顾默默耕耘,他给自己的书房,特意起名耕堂。这种忠实于生活,忠实于历史,忠实于艺术的严肃认真的态度,为我们树立了榜样。

对我们来说,孙犁同志的作品就是课本,不仅能从中学习为文之法和为人之道,还会成为心灵的慰藉之地,精神栖居之所。孙犁同志没有离开我们,他永远活在我们心中。

(2013年5月11日,在中国作家协会纪念孙犁同志百年诞辰会上的发言)

《津门小集》:文学速写的典范

孙犁同志在《关于文学速写》一文中,讲过这样一些话:

　　作为文学创作的初步练习,最好的办法,莫过于先写人物速写。这是达到能写小说的必由之路,是直路,甚至可以说是一条捷径。

　　如果你现在从事的是一家地方小报或部队小报的记者工作,你每天背着书包,拿着笔记本,深入到农村连队,观察访问,记录了那些英雄人物、模范人物的事迹。见到了他本人,也见到了他周围的人。见到了他的工作的地方,战斗的场所。这样,除去完成你本职的工作,夜晚没事,你再把白天的人和事,时间和地点,好好回想一下,调动一下感情,你不是就会愉快而胜任地写成一篇文学速写吗?日积月累,人物更多,材料更丰富,你不是就可以经营一篇小说了吗?

其实,即使你没有机会,也没有要求要写一部小说,就是你所写的这些速写,不也是很有意义的文学作品,会起到鼓舞人民、团结人民、打击敌人的政治作用吗? 它的价值,并不低于小说。而按其能准确地反映现实,并能及时地为现实服务来说,它所起的作用,别的文学形式有时是会相形见绌、望尘莫及的。

这说明:一、孙犁同志重视文学速写;二、速写是积累文学素材的好方法;三、速写是写好小说的有效途径;四、速写本身就是文学作品。这既是孙犁同志的文学理论,也是他的创作实践,其结果,就是《农村速写》和《津门小集》。

在抗日战争和解放战争,土地改革和大生产运动期间,孙犁同志作为记者,在晋察冀山地和冀中平原,写了很多纪事和人物素描,也就是文学速写,发表在《晋察冀日报》和《冀中导报》等报刊上,并以《农村速写》为书名结集出版。作者紧紧把握住时代的基本精神,生活前进的方向,写出了在伟大变革历程中,那一历史时期农村的面影和光辉,感人的热潮和力量。

后来,因为孙犁同志常常想念这些人和这些地方,于是就编制一个故事,又成一篇作品——孙犁同志的一些小说,就是这样形成的。六十年前,新中国刚刚成立,我从农村到省城保定读中学,和一些同学受到孙犁同志作品的影响,喜爱起文学来。开始练习写作,主要写些短小的故事,就是以孙犁同志的《农村速写》为样本,《投宿》《相片》《天灯》《新安游记》《"帅府"巡游》等篇章,我们是都能背诵下来的。

《津门小集》一书,在我看来,就是《农村速写》的姊妹篇。写作时间是从1949年1月至1956年1月,主要是写天津的工厂生活,有几篇写农村,也是天津郊区农村。1962年,我协助孙犁同志编辑出版这本书,那是他大病五六年后,身体基本好转,又回到文学的园林里耕耘。我在备出稿本,送给孙犁同志订正时,附上了一封信,写道:"关于这本书,我有个建议,就是要写一个前言或者后记,谈谈您深入生活、积累材料的经验。"孙犁同志于当天下午,即给我写了一封很长的信,说:"写作它们的时候,是富于激情的,对待生活里的新的、美的之点,是精心雕刻、全力歌唱的。"并且进一步说明:"这些短文,它的写作目的只是在于:在新的生活急剧变革之时,以作者全部的热情精力,作及时的一唱!任务当然完成得有大有小,有好有坏,这是才力和识力的问题。蝴蝶和蜜蜂,同时翩舞,但蜜蜂的工作,不只表现在钻入花心,进行吸掠的短暂之时,也表现在蜂房里繁重长期的但外人看不见的劳动之中。"孙犁同志写了一篇后记,第二天又给我写一信,说:"后记原拟写得很长,今附去所开头(约一千七百字),即可想象其规模,然忽然觉得废话太多,非病中之急务,乃中止,并移录其中平妥部分于稿本之后,已定稿矣。"在这篇约八百字的后记结尾,孙犁同志写道:"我同意出版这本小书,是想把我在那生活急剧变革的几年里,对天津人民新的美的努力所作的颂歌,供献给读者。"

在思想内容方面,《津门小集》包含着浓郁、新鲜的生活气息,洋溢着孙犁同志那一时期炙热、向上的激情;在艺术上,简洁,质朴,优美。它和《农村速写》,成为孙犁同志散文创作的重要组成部分;对于构建孙犁同志的文学大厦,是不可缺少的基石砖木,有着不可忽视的作用。

2013年6月8日于北京莲花池

关于《耕堂忆趣》的通信

——给张璇

收到你母亲寄来的《耕堂忆趣》专辑，我一口气就读完了。过去只读过你写的少数几篇——《与姥爷一起的日子》《忆姥爷》(共三篇，即《小小"快递员"》《大作家的小板凳》《"恒大"与"牡丹"》)，就留下了很好的印象；现在读了专辑中的二十一篇，加上不久前在报上发表而未收入专辑的《又见夏天》，印象就更加深刻了。

你的《耕堂忆趣》和你母亲的两本书(《布衣：我的父亲孙犁》《逝不去的彩云——我与父亲孙犁》)，可谓异曲同工，都是写你姥爷——孙犁同志，内容动人，情感真挚，而且都写得亲切、自然。读你的《耕堂忆趣》、我有如下感想：

你对生活，看得准，记得深，写得真。这是从事写作的人，所应具备的最基本的,也是最重要、最宝贵的素质和品格——这些,都是孙犁同志经常向青年作者讲述的真经,显然你也是在自己的写作中实践着。比如在《小小"快递员"》中,写你姥爷的住处:"是一座已经失去了章法和规矩的破败院子……起伏不断的土坡连着土坑,间杂着几株向日葵的丛生杂草,西边角落里高大参天的老槐树,以及居住在这一切之下的诸如蟋蟀、蚂蚱、刺猬等等小生灵,在小孩子的眼中看来,却充满了趣味,这里简直就是一座飘荡着神秘荒凉气息,暗中却生机勃勃的童话花园。"

你所写的这个大院,我曾无数次进出,可以说非常熟悉,你的描写,让我惊叹,不仅逼真.而且有着你自己的独特的感觉,即童趣。也是在这篇作品中,写你姥爷的形象:"有时候,屋里静寂无声,只有吹过树叶的风声和小鸟偶尔的啼鸣,我会轻手轻脚,探头进屋,不出所料,姥爷果然坐在那张老藤椅上,左手捏着一支香烟,透过书桌上的大窗子凝视着树影斑驳的天空。"这种凝视天空的情景,我也是多次见过,并深印在心中。你的文字,我认为是传神的。

你的散文,有一个故事,有一个中心。五十年前,百花文艺出版社出版我的第一本散文集《彩云》,我请孙犁同志审阅指教,他在看过校样后,给我写了一封信,所提意见中就有这样一条:"散文,最好有个故事。"你的散文,我看就比较符合这一要求,从每篇文章的题目,即可看出是要写一个故事,究竟是什么故事,就要接着往下看了。有故事,也就有了生活的基础,有了可触可摸的生活实景,对人和事所做的描写,也就有了坚实的凭借。这样的散文,其好处,就是让人容易记住。至于说到有一个中心,这又使我记起,三十年前,我从天津调到北京铁道兵文化部后,深入部队,写了一批散文在全国各地报刊发表。孙犁同志看后,写了一篇评论文章《读冉淮舟近作散文》,就指出:"每一篇要有一个主题,一个中心。淮舟这次写的文章中,有些是太松散了。"《耕堂忆趣》中的文章,就没有这种毛病,而是写得紧凑集中,层次分明:先写一个引人入胜的开头,接下来紧紧围绕着一个中心,写出几个生动的小节,最后是一个意味深长、余音缭绕的结尾。说到写小节,这既是孙犁同志的文学理论,在《文艺学习》一书中,详尽深入地论述过;也是他的创作实践,在各种形式的作品中,都使用这种手段。虽然写的只是生活中的一个小小的环节,但读者可以通过这样的环节抓住整条环链,看到全面的生活、整个的人物。

语言生动有力,活泼有趣,字里行间有着一种让读者喜悦的稚气。比如在《善待"过客"》一篇中,写你姥爷养鸟:"姥爷早上先拿出备用的鸟笼,在事先洗干净的食罐里装上小米、水罐里装上水，在笼子底板铺上一层干净的报纸。这一切准备就绪后，打开鸟儿所在的笼子，两个笼口一对，鸟儿就蹦蹦跳跳住进新家，开开心心晒太阳去了。"在《不养斗虫养鸣虫》一篇中写道："尤其到了夏天，入夜时分，院里种种昆虫拉开歌喉，竞相开唱。那间老屋闷热不通风，姥爷总拿个板凳坐在门口的窗根下乘凉。有一次，晚上我母亲去给姥爷送东西，陪着他一起纳凉聊天，突然一阵清脆悦耳蛐蛐声传过来，姥爷盯着不远处的煤池子，支着耳朵一动不动地听，享受着这自然的歌声。一曲过后，姥爷指着旁边的煤池子，叫我母亲过去看。他还告诉我母亲：'听到没，这种是蛐蛐叫。'那时，每家都有个煤池子，用方方正正的砖块砌出来的，姥爷扒开浮头的砖，跟我母亲说：'你看，这是个油葫芦，还有一种叫三尾巴腔子，都不是蛐蛐，这要看尾巴。'"这里所写的场景、氛围，多么形象、真实，你姥爷的静气、童真和他的那种独特气质，都鲜明地表现出来了。

有人曾问你姥爷："写作是不是主要靠天才呢?"他很肯定地点点头："是的。不过，我们都是凡人，就不好说天才了，姑且叫它特质吧! 我不否认，我也是有特质的，有时候情绪一上来，自己就控制不住，所以别人总以为是精神不正常。特质对一个作家很重要。"那人又问："是不是勤奋就可以写出好文章呢?"你姥爷又说:"光勤奋还不行。写作是个很特殊的事情，还得有特质。"写作得有特质，但特质不一定都像你姥爷那样，有时难以控制自己的情绪。依我看来，你也是有特质的，打个比方，生活就像一幅画存在了你的心中，经过了你的情感的加工，再复印出来，就是你的作品。要珍惜这种特质，加上勤奋，一定会取得大的成就。

我给你提一个建议，就是要扩大写作的题材范围。过去我曾给你母亲写信，出了个主意，建议她去冀中平原、太行山区以及延安，孙犁同志出生、读书、工作、战斗和写作过的地方，结合他的作品，进行采访和写作。但你母亲因为担心身体难以完成这一工作，也就没有去做。现在我把这个想法告诉你，希望你能来实现，你的记者的身份，也很有利于做这件事情。

这封信有点像篇文章，就写到这儿吧。

2013年10月5日

协助孙犁编书稿

一、《津门小集》

这是我协助孙犁同志编辑的第一本书,百花文艺出版社1962年9月出版。我于1961年9月到天津文联《新港》编辑部做编辑工作。10月,主持工作的副主编兼编辑部主任万力同志让副主任劳荣同志,带着我和另外几位青年编辑,去看望孙犁同志。劳荣同志是诗人、翻译家,在《天津日报》文艺部和孙犁同志一起工作过很长时间。这是我第一次面见孙犁同志。孙犁同志还在养病期间,说他的身体比前几年初得病时好多了,但看上去还是不很健康。谈话中我讲到,在南开大学图书馆查阅《天津日报》等报刊,见到署名纪普、孙芸夫、纵耕、少达、石纺的一些文章，判断是孙犁同志写的，这些署名是孙犁同志的笔名。孙犁同志听后，点头笑了。于是，便谈起将这些文章辑录成书的事。我说我在笔记本上记下了篇目，这时孙犁同志从书橱的抽屉里，取出一个信封交给我，里面装着几篇剪报。我随即利用业余时间，查阅《天津日报》，抄录没有剪报的孙犁同志的文章。1962年春节，我没有回老家探亲，利用假日，整理、编排、校对了孙犁同志的这本散文集书稿。我写了一封信，连同散文集稿本，寄给了孙犁同志。孙犁同志看到信和稿本后，颇为激动，当天下午即给我写了一封长信。第二天，孙犁同志又给我写一封信，把散文集定名为《津门小集》，并附后记。在后记中写道：

　　这部抄写得整整齐齐的稿子，送到了我的桌上，附着一封长长的热情的信。信里还说："关于这本书，我有个建议，就是要写一个后记，谈谈深入生活、积累材料的经验……"

　　我好像听到了那天真的声音，也看见了那天真的面孔。我感激得无话可说。在这样一本单薄的集子后面，在这些短小的文章里面，还有什么"深入"和"积累"的经验可谈吗？

虽然我也深深体会到：他提出这个建议，完全是认真的，而且是热情的盼望着的。但是我想：这些问题，留待我病好以后再谈吧，淮舟同志是可以原谅的。

最后，我想说明的只是：淮舟同志辑录这些短文，是对我养病期间很大的一种帮助，一种鼓励和一种安慰。我同意出版这本小书，是想把我在那生活急剧变革的几年里，对天津人民新的美的努力所作的颂歌，供献给读者。

《津门小集》出版后。河北省委主管文艺的副部长远千里同志，看到我协助孙犁同志编辑出版的这本书和我写的《美的颂歌》那篇文章，在《河北文学》编辑部讲话时对我予以表扬，并责成《河北文学》发表《津门小集》后记。还让在《河北文学》编辑部工作的苑纪久同志，陪我去他家里见面谈话。于是，在一个星期天下午，纪久和我去了千里同志家里，在整个半天的谈话中，除了千里同志对纪久和我的写作与读书，讲了许多鼓励与希望的话，另一个话题，就是孙犁同志及其作品。当我讲到，《新港》收到一篇批评《铁木前传》的文章，作者是一名刚从北京大学中文系毕业的青年评论工作者，文章针对小满儿这一人物，题目就叫《一个令人迷惑的形象》。这时千里同志用冀中平原家乡话,半开玩笑地说:"甭搭理他! 如果把小满儿介绍给他做对象,我看他是巴不得的呢!"说明千里同志对《铁木前传》是何等欣赏!

二、《风云初记》

在《〈孙犁文集〉自序》中,孙犁同志写道:

> 我的创作,从抗日战争开始,是我个人对这一伟大时代、神圣战争,所作的真实记录。其中也反映了我的思想,我的感情,我的前进脚步,我的悲欢离合。反映这一时代人民精神面貌的作品,在我的创作中,占绝大部分。
>
> 我最喜爱我写的抗日小说,因为它们是时代、个人的完美真实的结合,我的这一组作品,是对时代和故乡人民的赞歌。

长篇小说《风云初记》,无疑是孙犁同志最重要的作品。这部小说的第一集、第二集的单行本与第一、第二集的合本出版之后,周扬在一次工作报告中批评了《风云初记》第二集:"离开了斗争漩涡的中心而流连在一种多少有些情致缠绵的生活气氛里,这就使第二部的描写成为软弱无力了。"那时,孙犁同志已经写出了第三集,《天津日报》先是发表了开头的五节,后又以《家乡的土地》为题名,发表了六至十节;《新港》以《离别》为题名,发表了十一至十五节;《人民文学》以《蒋家父女》为题名,发表了二十一至二十五节;还有十节没有发表,第三集也就没有出版。1962年,我协助孙犁同志编辑几部书稿时,孙犁同志同意《新港》发表《风云初记》第三集十六至二十节,并自题《山路》《河源》,分两期刊出。《山路》(《风云初记》第三集十六、十七节)在《新港》1962年第四期以头条刊出;《河源》(《风云初记》第三集十八、十九、二十节)在《新港》1962年第五期刊出,配发了我写的万余字论文《美的颂歌——孙犁作品学习笔记》。《风云初记》第三集这五节的发表,在社会上引起强烈反响,于是《新港》从这一年第七期开始,连续刊出了第三集其余已发和未发的二十五节。孙犁同志重写了最后一节,1962年2月24日晚,给我写信说:"到京后,环境较静,今日已把《风云》三集结尾写好,尚觉满意。如此,则此集已大致就绪矣。你的功劳居上。三十节——结尾,系一诗一大段抒情尾声。"在结尾之后孙犁同志标记:"一——六〇节写于1950年7月至1952年7月。六一——九〇节写于1953年5月至1954年5月。1962年春季,病稍愈,编排章节并重写尾声。"

　　1962年秋天,孙犁同志在北京颐和园云松巢休养,我去那里协助他校对《风云初记》全部书稿。刚进行一天,孙犁同志感到身体有些不适,我便去市里人民文学出版社招待所,继续完成这一工作。1963年3月,人民文学出版社以作家出版社的名义,出版了《风云初记》第一、第二、第三集合本;同年6月,出版了第三集单行本。孙犁同志在我收藏的《风云初记》第一、第二、第三集合本样书的扉页上,写下了这样的话:

淮舟同志存念 并志

谢你为此书出版所作的长时间的令人感动的努力。

孙犁著《琴和箫》   孙犁著《耕堂杂录》

《孙犁诗选》

孙犁著《幸存的信件
（给淮舟的信）》

舟淮舟著《津门书简》

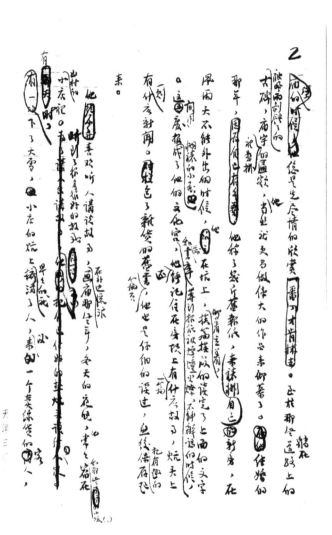

孙犁著《风云初记》手稿

这是值得庆幸的。如果《新港》没有连载《风云初记》第三集，未发过的十节原稿在"文革"中丢失，《风云初记》就是一个残本，而不是一个完整的本子。

1974年6月，孙犁同志让我给他找一本《风云初记》。当时，没有地方能找到此书，我便把自己珍藏的有孙犁同志题字的《风云初记》，送给孙犁同志。他深为感慨，于是在包装书皮后，在上面记下这样一篇文字：

1974年7月2日下午，淮舟持此书来。展读之下，如于隔世，再见故人。此情此景，甚难言矣。著作飘散，如失手足，余曾请淮舟代觅一册，彼竟以自存者回赠，书页题字，宛如晨星。余于所为小说，向不甚重视珍惜。然念进入晚境，亦拟稍作收拾，借慰暮年。所有底本，今全不知去向，出版社再版，亦苦无依据，文字之劫，可谓浩矣。尚不如古旧书籍，能如春燕返回桂梁也。

当时批判者持去，并不检阅内容，只于大会发言时，宣布书名，即告有罪。且重字数，字数多者罪愈重。以其字多则钱多，钱多则为资产阶级。以此激起群众之"义愤"，作为"阶级斗争"之手段。尚何言哉。随后即不知抛掷于何所。今落实政策，亦无明确规定，盖将石沉大海矣。

　　呜呼！人琴两亡，今之习见，余斤斤于斯，亦迂愚之甚者矣。收之箱底，愿人我均遗忘之。

　　1981年，安徽师范大学中文系傅瑛、黄景煜编写《孙犁年表》，定稿后孙犁同志让我改一遍，他再看。谈及《风云初记》，原稿写道："这部长篇小说以诗一般的笔调，描写了冀中人民抗日战争的壮丽画卷，被誉为建国初期文艺园地别具风格的花朵。"我把最后一句改成"为新中国建立以来最优秀的长篇小说之一"。孙犁同志显然同意这一改动，但他却在旁边加了一个批注——"此系淮舟所改"。

三、《文学短论》

　　孙犁同志走上文学之路，应该说最初是以理论为主，后来虽以小说、散文成名，却始终也未间断评论文章的写作。新中国成立后进城，孙犁同志在天津日报社负责副刊工作，并创办文艺周刊，经常撰写一些辅导业余作者的文章在报纸上发表，同时结集《文学短论》正续编在上海出版。我在写作《论孙犁的文学道路》一书时，发现孙犁同志仍有一些评论文章尚未编入《文学短论》正续编中，于是便想为孙犁同志编一本《文学短

论》三编。根据出版社的建议,结果编了一本合集。孙犁同志在《〈文学短论〉新版题记》中写道:

得病以后,冉淮舟同志对帮助我搜集旧作,尽了很大的使人感动的努力。因为他也在从事理论研究,对于编辑这本集子,就表现了更大的热心。最初,我对整理这本书,信心不大。我说:

"淮舟同志,这是理论。我脑力不好,不能进行修改,慢慢来吧。"

"没有什么。你不用管,我去弄好了。"他又兴致勃勃地抱着稿子走了。

我是了解这种年轻人的热情的。我也知道,他所以要这样爽快地担当起来,是因为他深切地关怀我的病,并深切地了解我病中的心情。他时时刻刻想到这些,并且认真地、常常是令人毫无遗憾地去做了。

终于他把稿子交到了作家出版社。出版社愿意重印这本书。我们商定出一个选本。选择对象,包括原文化工作社出版过的正续两编,还有此后我在报刊发表、并未结集的一些文稿。我提议把集子尽可能地选得精一些,就是说选得严格一点。选择的工作是出版社、淮舟同志和我一同商酌进行的。我并没有能够详细地考核每篇文稿，但我很相信他们的看法和见解。

这就是现在呈献给读者同志们的新版的《文学短论》。

这本《文学短论》，1963年11月由作家出版社出版。这本合集，也可以说是正续编增订本；又因为删去若干篇，或可说是一选本。

四、《白洋淀之曲》

这是我协助孙犁同志编的一本诗集。1962年，当我看到油印刊物《文艺通讯》上孙犁同志写于1939年的《白洋淀之曲》后，即建议出一本诗集，书名就叫《白洋淀之曲》。孙犁同志随后在写给我的一封信中说："如果我们真的能编一个诗集，使我也得有诗问世，真是不错。我们是要编一个诗集的。"实际上孙犁同志是出过诗集的，即1951年由天津知识书店以"新少年读物"出版的《山海关红绫歌》，收《山海关红绫歌》《小站国旗歌》《大小麦粒》《春耕曲》四篇。《白洋淀之曲》这本诗集又增三篇，除《白洋淀之曲》这首，还有两首，即《儿童团长》《梨花湾的故事》。《白洋淀之曲》这首诗篇幅最长，有三百六十余行。这首诗的整体内容,是写菱姑和丈夫水生抗日的故事。分三部,第一部写菱姑和水生,生活在白洋淀,日本人来了,菱姑送水生参加了游击队。第二部写水生牺牲了。第三部写菱姑拿起水生的枪,走向战场。孙犁同志说:"第三部颇为激动,这种调子,在我以后的作品中少见。"这首诗1939年12月写于阜平东湾,是孙犁同志所写白洋淀抗日题材最早的作品,下面摘录第三部最后八小节,既可了解整首诗的大致风貌,也可看出与孙犁同志后来创作的《琴和箫》《荷花淀》《芦花荡》《嘱咐》等作品的渊源关系。

　　在白洋淀,
　　敌人射击死了水生;
　　而菱姑在这里,
　　射击敌人的性命!

　　水生一生,
　　没离开白洋淀;
　　纪念水生,
　　菱姑将永远在这里作战!

只有在这里，

菱姑才想起水生，

看见水生，

看见水生的笑容。

菱姑看见：

残荷梗，

飞飘的荻花，

冻在冰里的红菱；

菱姑看见：

堤上被锯伐的柳杨，

烧毁的门窗，

扯碎的渔网；

残废的桅，

破碎的船板，

连鱼儿也消瘦了，

连水草也要求抗战！

白洋淀上，

冻结着坚厚的白冰，

白冰上冻结着鲜红的血，

牺牲者——水生的英灵！

热恋活的水生，

菱姑贪馋着战斗，

枪一响，

她的眼睛就又恢复了光亮！

五、《文艺学习》

《文艺学习》是1941年孙犁同志参与编辑《冀中一日》后，根据自己的心得体会所写，1942年春油印出版，最初书名为《区村和连队的文学写作课本》，在八路军第三纵队的《连队文艺》、晋察冀的《边区文化》上也连载了。冀中军区司令员吕正操、冀中区党委书记黄敬把这本书带到太行山区，1943年铅印一次，书名改为《怎样写作》。1947年冀中新华书店出版时，孙犁同志删去了主要谈及理论的前四节和后六节，剩下的多是分析《冀中一日》作品即谈创作实际的部分，书名改为《文学入门》。太岳新华书店和中南新华书店,据此版本分别于1948年和1950年重印一次。1950年上海文化工作社出版的《文艺学习》,底本也是《文学入门》。

孙犁同志想恢复删去的部分,却苦于找不到原本。后来,康濯同志说他有一油印本,亲自带来天津,交给孙犁同志。于是,我便以上海文化工作社的《文艺学习》作底本,把删去的油印本上的章节补了进去,孙犁同志再订正一遍,又写了《〈文艺学习〉新版题记》。这便是1964年8月作家出版社出版的《文艺学习》。

油印的《区村和连队的文学写作课本》,用过后还给了康濯同志,想来在"文化大革命"中损毁或丢失了。

六、《旧篇新缀》

1962年秋天,我到《新港》编辑部工作的第二年,第一次享受青年作家每年两个月的创作假。我回到家乡冀中平原深入生活,听说肃宁县档案馆存有抗战时期的一些报刊,便冒着雨后泥泞,骑车五十里到了那里。所见东西不多,却发现了孙犁同志的几篇文章。特别是几份残破的《晋察冀日报》,其中有一版文艺副刊《鼓》,刊发了孙犁同志写于1942年8月,长约五千字的短篇小说《爹娘留下琴和箫》。我读后大为惊喜,这是一篇多么好的作品；也大为诧异，这么好的小说，为什么后来没有结集出版？我用了整整半天的时间，把这篇作品抄了下来。回到天津，当天下午就给孙犁同志送去了。他在夜晚读过之后，立即给我写信，说要把我抄来的旧作四篇，联为一组，加一前言，各附后记，让我找地方发表。关于《琴和箫》，孙犁同志写了一篇七八百字的附记，说是当时有人批评"伤感"，后来结集就没有收入。现在认为没有什么伤感问题，而是觉得它里面所流露的情调很是单纯，它所包含的激情，比后来的一些作品丰盛。《〈旧篇新缀〉前言》是这样写的：

今年夏季，淮舟同志有农村之行，采访之暇，于肃宁等县档案馆抄得我旧作数篇，披览之下，似有所感。此乃路旁之遗粒，沉沙之折戟，颇有惭于丰硕，赖案卷以存留。虽系残余，可备磨洗。衰病以来，笔业疏荒，每见旧作，时珍敝帚。盖由文字，寻绎征途，不只印证既往，且希有助将来。略加修订，缀为一组，各作小记，附于篇末。淮舟下乡，溽暑泞途，奔波劳顿，旁务及此，盛情可感也。

后来，我提议《旧篇新缀》编成一本书，孙犁同志表示同意。于是，由我编拟了目录：

这本书尚未出版，"文化大革命"开始了，稿本在孙犁同志那里因被抄家而丢失。"文革"后我重又搜集，《琴和箫》尤难寻觅，费尽周折，终于1979年找到。孙犁同志看后，又写了一篇附记：

此篇，前抄件已失，淮舟念念不忘，今岁，先后到天津人民图书馆、北京图书馆、北京大学图书馆,检阅所存《晋察冀日报》残卷,均未得见。终于《人民日报》资料室得之,高兴抄来。淮舟于此文,可谓情厚而功高矣。今重印于此,使青春之旅,次于晚途;朝露之花,见于秋圃。文事轶趣,亦读者之喜闻乐见乎!

这些文稿,因为分别收入《晚华集》《秀露集》《琴和箫》《耕堂杂录》等作品集中,《旧篇新缀》也就未再出版。

七、《耕堂杂录》

1981年6月,河北人民出版社出版。收《我的自传》《书衣文录》和《烽烟余稿》——这一部分计十六篇文章,多发在当年的《晋察冀日报》和《冀中导报》上,孙犁同志在后记中写道:"系冉淮舟同志从旧报抄来,旧报残缺,难以寻觅,淮舟费去不少时间精力,亦应志感。辑存这些文字,不过印证一下,我在青年时代,曾于何种境遇,写过什么文章,并不顾及它们的幼稚与浅薄。"其中《三烈士事略》一篇,是从烈士纪念碑上抄来的。

八、《孙犁文集》

1981年4月,孙犁同志给我写信,告知百花文艺出版社决定出版他的文集，望代为编拟一份目录。于是，我便写出《〈孙犁文集〉拟目（附说明）》，并全程参与文集的编辑工作，校阅了文集的全部稿本。文集所录，上起抗日战争时期，下迄文集定稿之时，共为五册七卷，第一卷为短篇小说，第二卷为中篇小说，第三卷为长篇小说，第四卷为散文，第五卷为新诗，第六卷为文艺理论，第七卷为杂著。五册文集，从 1981 年 12 月至 1982 年 3 月，顺序出版。孙犁同志在文集自序中写道："此次编印文集，所收各篇，尽可能根据较早版本，以求接近作品的原始状态。少数删改之作，皆复其原貌。但做起来是困难的，'十年动乱'，书籍遭焚毁之厄，散失残缺，搜求甚难。幸赖冉淮舟同志奔波各地，复制原始资料多篇，使文集稍为完善充实。淮舟并制有著作年表，附列于后，以便检览。"这里所说著作年表，一为《孙犁著作年表》，一为《孙犁作品单行、结集、版本沿革年表》，两篇约计四万字。孙犁同志写了《书淮舟所拟文集目录后》，与我编写的《〈孙犁文集〉拟目（附说明）》一起，发表在保定《莲池》上。我还撰写了一篇《〈孙犁文集〉校勘记》。

《孙犁文集》付印之际，我写了一个简介，供一些报刊发消息时参考：

《孙犁文集》五册七卷,即由天津百花文艺出版社出版,约一百六十余万字。

第一册,包括短篇小说卷和中篇小说卷,收短篇小说三十八篇,中篇小说二部。本册前面有百花文艺出版社一篇《出版说明》,和著者一篇《自序》。

第二册,收长篇小说一部,即《风云初记》。

第三册,包括散文卷和诗歌卷,收散文七十九篇,诗歌十二篇。

第四册,收理论专著一部,即《文艺学习》,又论文一〇四篇。

第五册,收杂著二部又五十八篇。并附有冉淮舟所著《孙犁著作年表》和《孙犁作品单行、结集、版本沿革年表》。

《孙犁文集》编辑出版,对我国社会主义文学事业的繁荣发展,必然起到很大的促进作用。

九、《琴和箫》

1981年编拟《孙犁文集》目录时,我想编一本书,包括孙犁同志所写的关于白洋淀的全部作品,由孙犁同志写篇序言,我写篇编后记。关于书名,以前孙犁同志出版过《荷花淀》《芦花荡》《采蒲台》《白洋淀纪事》等书,想用一个新名字,这便是《琴和箫》。《琴和箫》这篇作品发表后四十年才收入《秀露集》中,读者对它还缺乏认识;而它却是孙犁同志重要的作品,有作家称之为"天籁之声"。

孙犁同志所写题为《同口旧事——代序》,约五千字,是他篇幅较长,也较为重要的一篇散文。记述孙犁同志1936年暑假后,到同口小学教了整整一年书,所经历的人事关系,晨起黄昏,他有机会熟悉白洋淀的风情和人民的劳动、生活;十年后,1947年他又有一次白洋淀之行,到了同口,写了《一别十年同口镇》。我所写题为《白洋淀的歌——编后记》,篇幅也不短,约三千字,梳理了孙犁同志有关白洋淀题材的写作,作品的魅力,群众喜闻乐见,及其曾经出现过的错误批评。兹将目录记下:

同口旧事
　　——代序
琴和箫
荷花淀
　　——白洋淀纪事之一

芦花荡

　　——白洋淀纪事之二

嘱咐

新安游记

采蒲台

白洋淀边一次小斗争

渔民的生活

织席记

采蒲台的苇

安新看卖席记

一别十年同口镇

戏的梦

莲花淀

白洋淀之曲

关于小说《荷花淀》的通信

《琴和箫》的后记

关于《荷花淀》被删节复读者信

关于《荷花淀》的写作

被删小记

编后记：白洋淀的歌（冉淮舟）

此书1982年12月由花山文艺出版社出版。以后,孙犁同志又写了两篇有关白洋淀生活的作品:1984年2月23日写的芸斋小说《葛覃》,1984年3月7日写的散文《戏的续梦》。

十、《孙犁诗选》

1982年,河南少年儿童出版社编辑找我,希望能帮助他们出版孙犁同志的一本书。我考虑,孙犁同志写有几首儿童题材的叙事诗,《儿童团长》《山海关红绫歌》《猴戏——童年纪事》《蝗虫篇——童年纪事》等,不是写儿童题材的诗歌,也比较适合儿童阅读,建议出版《孙犁诗选》,他们很高兴。于是,我便向孙犁同志谈了此事。孙犁同志表示同意,并让我编好稿本后,再和曼晴同志联系,请他写篇序文。诗人曼晴同志,和孙犁同志是老战友,抗战岁月一起战斗在晋察冀边区。新中国成立后,他长期担任石家庄地区文联主任。为了表示对曼晴同志的尊重,我带着诗集稿本专程去了石家庄一趟。曼晴同志虽然正住医院,基于他和孙犁同志的深情厚谊,不仅一口答应下来,而且很快写出。孙犁同志看后很高兴,由我寄给了《人民日报》文艺部副主任姜德明同志,在《人民日报》发表了。

《孙犁诗选》于1963年12月出版。

十一、《幸存的信件(给淮舟的信)》

1979年秋天,在我决定离开天津去北京工作后,便想送给孙犁同志点什么礼物,以作纪念。于是,便把孙犁同志写给我的信件,抄录后装订成三册送给孙犁同志。这些信件,连同孙犁同志交我保存的著作、文稿、照片等,都存放在保定我爱人那里。"文革"武斗期间,我爱人不顾家中其他财物,背负着这些东西逃返,过度劳累,以致流产。当孙犁同志收到我送他的三册信件后,大吃一惊,立即看过,在第一册的牛皮纸封面上题名《给淮舟的信》,并写一篇《幸存的信件序》,说道:"当我见到淮舟和他的爱人,能在那些岁月,保留下我的信件,就非常感动,对这些信件,也就异乎寻常珍重。这些信,涉及我过去的写作生活,我原始的文艺观点。也涉及抗日战争时期,我在冀中区和晋察冀边区参与的文艺工作。"这篇文章,不久便在《天津日报》发表了。《新文学史料》拟选发信件,孙犁同志未同意,自己选编了八封,题名《烬余书札》,发表在《天津日报·文艺增刊》上。

这本书,2003年由长征出版社出版。孙犁同志写给我的信,共计一百二十九封。

顺便说明:我写给孙犁同志的信,他看过后,总是顺手存放在写字桌左下边的一个抽屉中。每当我去看望孙犁同志,临离开时,他便把这些信取出来,交我保存——可以说,我写给孙犁同志的信,大部分也保留下来了。后来,孙犁同志为这些信写了题记。2003年8月,这些信结集为《津门书简》,由华龄出版社出版。我写给孙犁的这些信件,共计一百二十封。

十二、《平原小集》

1962年秋季,我到冀中平原深入生活,在肃宁见到孙犁同志主编的一本刊物,《平原杂志》第三期。此后便一直留心寻找《平原杂志》,未有结果。在北京、天津、保定几家大图书馆未曾找见,在几家大的报刊资料室也未曾找见,问一些当年在冀中区工作过的老同志,都没有保存。只是在北京图书馆所存《冀中导报》残卷上,看到了第五、第六两期的目录,也因残缺模糊,仅见孙犁同志的三个篇目。

整整过了二十年,1982年秋季,我在保定,查找抗战初期的《冀中导报》,没有收获,却意外发现全部六期《平原杂志》。这是一本通俗的综合性的文化杂志,三十二开本,七八十页,五六万字,内容实在,形式多样,生动活泼,很有趣味。彩色封面为秦兆阳同志设计,他还为刊物画了很多幅漫画,也写了不少文稿。第一期于1946年7月7日出版,每月一期,第六期的出版日期为1947年1月1日。前三期孙犁同志都写了较长的编后记。第一期他还写了一篇杂文、一首诗、两篇评介文字和征稿简约、征稿启事、为组织读者小组启事。第二期写了一篇杂文。第三期写了一篇鼓词。第四期没有他的文字。第五期有两篇杂文、一篇论文、一篇评介。第六期有两篇杂文、一则补白和一出梆子戏。正值暑假期间,我发动做小学教师的妻子和正上初中、小学的两个女儿,把孙犁同志的这些文字,全都抄录下来。

孙犁同志的这些文字,虽然是几十年前所写,但我读起来,感到还是很新鲜,说明它们有着很强的生命力,其主要原因就是真实地反映了冀中区那一历史时期的生活,和当时人民的情绪。我建议,把这些文字,连同孙犁同志发表在《冀中导报》上的散文、通讯等文字,编成一本集子,书名《平原小集》。孙犁同志表示同意,但在编出稿本后,又考虑发表在《冀中导报》上的散文、通讯等文字,多已收入《农村速写》一书;发表在《平原杂志》上的文字,单独成书数量又少些,也就没再联系出版。

那时候,我正在年富力壮,求知欲望很强,是抱着一种虔诚取经的心态做这些事情的。在这些工作进行中,我向孙犁同志学习为文之法和为人之道,丰富了编辑经验,提高了写作水平，这让我终身受益，对孙犁同志的衷心感激之情，将永存心中。然而对于我所做的这些力所能及的、也是应该做的工作，孙犁同志却一再表示谢意，社会上也予以好评。孙犁同志老友、前辈作家王林同志在日记中写道："孙犁同志，得此助手，一生何其幸也！"我总是把这些谢意、好评、肯定与赞扬，视为对自己的激励、鞭策、鼓舞与希望。直到现在，年事已高，仍然没有放松对自己的要求，努力争取多做一些有益社会的事情。

2020年秋于北京莲花池

关于孙犁研究的新路径

　　1951年初,我插班考入省城保定第一中学。学校有个规模不小的图书馆,订有《天津日报》。《天津日报》有个"文艺周刊",每周四刊出,占据第四版一个整版。周四的《天津日报》,周五才能到达保定。每到周五下午上完课之后,一些同学便争先恐后地向图书馆跑去,抢着占据阅读"文艺周刊"的有利位置。那时的"文艺周刊",正在连载孙犁同志的长篇小说《风云初记》第二集,报纸铺展在桌子上,同学们围着看。实际上,只有离得近的几个同学能看,站在圈外的同学,有的连作品的题目和作者的署名都看不见,但还是站在那里,等着得到一个能看的机会。直到闭馆的铃声响了,一些站着等着的同学,也未能看上"文艺周刊",却都没有任何怨言,因为总得有个先来后到，今天没能看上，明天下午下课后再来。

当年，在保定一中图书馆，争着抢着阅读"文艺周刊"的同学中，有韩映山、任彦芳和我。在保定，还有刚参加工作的苑纪久。

我们四人有这样五点共同之处：

一、同乡。苑纪久和韩映山都是高阳县教台村人，我是高阳县旧城村人，两个村庄相距十多里，都在白洋淀南边。他们村外长年有水，如果夏天发了大水，白洋淀水冲破堤岸，水就会流到我们村来。另外潴龙河也把两个村相连起来，潴龙河水从我们村向北流，到他们村就算是流入白洋淀了。任彦芳是容城县李家庄人，这个村庄在白洋淀北边，与我们淀南的村庄隔淀相望。

二、同龄。我们的童年，都是在冀中平原抗日游击战火中度过。苑纪久生于1932年，韩映山比他小一岁。任彦芳比我略大一些，都生于1937年，他是七七事变前出生，我是七七事变后出生。

三、同学。苑纪久在教台小学和韩映山同学，在安国中学和任彦芳同学，韩映山、任彦芳和我在保定一中同学，韩映山读的是初中，任彦芳读的是高中，我读的是初中和高中。任彦芳和我读完高中后，分别考入北京大学中文系和南开大学中文系。

四、同事。苑纪久和韩映山相继在保定河北文联《河北文艺》《蜜蜂》、天津《河北文学》一起工作,后又在保定文联编辑《莲池》。韩映山和我在天津文联《新港》一起当编辑。

五、都仰慕孙犁同志,非常喜欢他那些反映冀中平原、白洋淀一带人民群众劳动、斗争生活的作品,受其影响,走上文学道路,写作和编辑工作,成为我们毕生的事业。孙犁同志是安平县人,安平也属冀中平原,虽说距白洋淀稍远些,也不过一百多里。他在保定育德中学念过六年书,在白洋淀边同口小学教过一年书,后来又到这里深入生活,采访写作。因此,对于孙犁同志来说,白洋淀除了有水有船,有荷花有芦苇,和安平县一带,也没有什么差别,写作起来,自然随意,得心应手。我们自从认识孙犁同志以后,关系都比较密切,既有工作接触,也有个人交往。除了见面,还互通书信。仅孙犁同志写给韩映山和我的信,保存下来的有近三百封,我写给孙犁同志的信,保存下来的有一百二十封。

据此,有人提出荷花淀地域文学,成立荷花淀地域文学研究会,编辑荷花淀地域文学丛书。冀莲、宫纪斋编选了一本书,名叫《荷花淀地域文学作品选》;编写了一本书,名叫《荷花淀地域文学图志》;撰写了一本书,名叫《荷花淀地域文学简

韩映山(右起)、苑纪久、冉淮舟、任彦芳合影(1962年秋摄于天津)

苑纪久著《在雁翎队的故乡》

韩映山著《水乡散记》

任彦芳著《帆》　　　舟淮舟著《农村絮语》

说》。基本观点是,在白洋淀一带,存在一个以孙犁同志为首的作家群体,有其鲜明突出的共同特点:

一、他们都出生在冀中平原、白洋淀一带,童年在家乡度过,以后读书、工作、生活基本上都在京津冀。

二、他们的作品,题材多取自家乡人民群众,勤劳朴实,与人为善,助人为乐;特别是在抗日战争中表现出来的英雄品质,奉献精神,乐观情绪。

三、他们的语言,来源于家乡人民群众,写进作品中,略作提炼和修饰。

四、他们的写作风格,清新洁净,诗意抒情,以孙犁同志的小说《荷花淀》为标志,美的人物,美的故事,美的地域风光,美的乡俗民风,美的人性人情。

从地域这一角度来观察和研究孙犁同志的文学遗产,可能是一条比较切实的路径。期望能够深入进去,坚持下去,取得更多更有价值的成果,以便更好地继承和发扬孙犁同志优秀的文学传统。

2021年初夏于北京

孙犁与抗日战争

　　1980年10月,我陪同当时在北京军区战友报社工作,后任解放军出版社社长的刘绳,去天津访问孙犁同志,为保定文联苑纪久主编的《莲池》写一篇"作家与冀中"专栏文章。刘绳对这次访问非常重视,认真地做了一番准备工作,重读作品,广查资料,思考、酝酿采访和写作的主题,还与我商议,明确了访谈和写作的方向,即从抗日战争谈起,并围绕这一话题展开。孙犁同志的经历和文学之路,最重要的是他真正经历了抗日战争的血火洗礼。在抗日战场上,他首先是手持武器与敌人斗争的战士,同时又是拿笔写作的作家,在连天烽火、四野拼杀中,历经枪林弹雨,饱尝战争苦难。他的作品自传的成分多,是时代烽烟的见证,是亲历亲闻人民斗争的英雄颂歌。

离开抗日的战火硝烟去探讨孙犁同志的人生，那不会是真实的孙犁同志；脱离抗日的时代背景去研讨孙犁同志的作品，就不能深入到作品的本质，而停留在表面上。经过访问，刘绳写成一篇《战火中的孙犁》，我看后认为写的不错，但刘绳心里仍然没底，不知孙犁同志是否认同。我把文稿转给孙犁同志，他很快看过，退了回来，在首页上写下"很好"。我即交刘绳并对他说：就我所知，这是孙犁同志对写他的文章，认可说好的少有篇章之一。刘绳松了一口气，很高兴，这篇文章在刊物发表后，收入由吕正操将军作序的《作家与冀中》一书，花山文艺出版社出版。

战火，抗日的战火，是孙犁同志最重要的人生经历。

抗日斗争生活是孙犁同志文学创作最重要的源泉，也是他的作品最突出的特点。

1913年5月，孙犁同志生于河北省安平县东辽城村，这是一个很偏僻的小村庄，幼年就在这里度过。他先在本村读小学，后跟随父亲在安国县城上高级小学，开始接触五四以后的文学作品，阅读商务印书馆出版的各种杂志。1926年，他考入保定育德中学，在初中读书期间，开始在校刊《育德月刊》发表短篇小说和独幕剧。在高中时，他阅读社会科学和苏联十月革命以后的文学作品，并对文艺理论发生兴趣，读了不少这方

吕正操　　　　　　　　　　孙犁

吕正操著《冀中回忆录》　　　　孙犁著《风云初记》

面的著作,写作这方面的文章。高中毕业后,他无力升学,在北平流浪,去图书馆读书或在大学听课,向报刊投稿,很少被选用。他先后在市政机和小学校当职员,生活清苦,前途无望,只好回老家去。1936年的暑假后,他经中学同学介绍到安新县同口镇的小学校教书,当六年级主任和国文教员。在这里,他从上海邮购革命的文艺书刊,继续进修,并开始了解白洋淀一带人民群众的生活。第二年暑假,他在老家,卢沟桥事变后,中国全面抗战爆发,就没再回同口镇去。

日本帝国主义者,侵入我国的华北地区,冀中人民在中国共产党的领导下,掀起了巨大的抗日战争的怒潮。已是共产党员的东北军六九一团团长吕正操,根据中共中央北方局的指示,在永定河激战后,脱离东北军,留在冀中开展抗日游击战争。六九一团改称人民自卫军,吕正操任司令员,公开在中国共产党的领导下,举起抗日的旗帜,走上抗日的道路。曾参加长征、任红军团长的孟庆山,在延安受中共中央派遣,回到家乡发动群众抗日,组建河北游击军。1938年春节过后,人民自卫军驻防安平一带,不久即在这里与河北游击军合编为八路军第三纵队兼冀中军区,吕正操任司令员,孟庆山任冀中军区副司令员。正是在这一年的春天,孙犁同志参加了抗日工作,和吕、孟二位创建冀中平原抗日根据地的领导相识,并结

下深厚情谊。于是,正如孙犁同志自己在后来的一些文章中所说:

　　随着征战的路,开始了我的文学的路。

　　我经历了美好的极致,那就是抗日战争。我看到农民,他们的爱国热情,参战的英勇,深深地感动了我。我的文学创作,就是从这个时候开始的。

　　抗日战争,我才正式地从事创作……

　　伟大的抗日战争爆发了,写作竟出乎意料地成为我后半生的主要职业。

　　假如不是抗日战争,可能我也成不了一个什么作家,这是给了我一个机会,至少是在文学上给了我一个机会。

一开始工作,孙犁同志就写了一本《民族革命战争与戏剧》,由人民自卫军政治部油印下发,指导开展抗日戏剧宣传活动。接着又编了一本中外革命诗人的诗抄《海燕之歌》,在困难的条件下,由人民自卫军政治部铅印出版。在人民自卫军政治部《红星》杂志创刊号上,发表了长篇论文《现实主义文学论》。在冀中区党委机关报《冀中导报》的副刊上,发表《鲁迅论》。这一年秋季,孙犁同志在冀中军区办的抗战学院当教官,写了《冀中抗战学院校歌》,教《抗战文艺》和《中国近代革命史》。

1939年春天,孙犁同志调到晋察冀边区所在地河北省阜平,在刚刚成立的晋察冀通讯社做通讯指导工作,编写了一本供通讯员阅读的书《论通讯员及通讯写作诸问题》,铅印出版。并编辑油印刊物《文艺通讯》,在上面,他发表了一篇短篇小说《一天的工作》、叙事诗《白洋淀之曲》和散文《识字班》。此后,孙犁同志在晋察冀文联、晋察冀日报、华北联大做过编辑和教学工作,同时进行文学创作,在《晋察冀日报》副刊等报刊上发表《琴和箫》《丈夫》《第一个洞》等短篇小说,连载儿童读物《少年鲁迅读本》,新华书店晋察冀分店出版青年儿童读物《鲁迅、鲁迅的故事》,晋察冀文联油印《语言简编》一书。

在此期间,1941年秋天,孙犁同志回冀中区一次,这里正在开展一次群众性"冀中一日"写作运动。负责这一工作的王林同志,留孙犁同志参加编辑工作。《冀中一日》在年底大致编成,又是王林同志建议,由孙犁同志根据看稿的心得,写一本文学入门之类的书,作为"冀中一日"的珍贵副产,供给投稿的同志们参考。于是孙犁同志便写了《区村和连队的文学写作课本》一书,1942年春天,油印了一千本,八路军第三纵队的《连队文艺》、晋察冀的《边区文化》都连载了这本书。吕正操司令员和冀中区党委书记黄敬同志在戎马倥偬中,把这本书带到太行山麓,在那里铅印一次,书名改为《怎样写作》。之后,冀中、太岳、中南新华书店相继出版此书,书名皆为《文学入门》。新中国成立后,上海文化工作社、上海文艺联合出版社、上海新文艺出版社、北京作家出版社都是以《文艺学习》为名出版此书。

孙犁同志从冀中区回到晋察冀边区后,1944年离开这里去延安。途经晋绥军区驻地山西兴县,已调任晋绥军区司令员的吕正操,得知孙犁同志路过这里,捎信叫他去。他知吕司令喜爱读书,便把自己带着的一本《孟子》留下了。到延安后,在鲁迅艺术文学院学习和工作。写了散文《游击区生活一星期》《白洋淀边一次小斗争》在重庆《新华日报》发表。短篇小说《荷花淀——白洋淀纪事之一》《芦花荡——白洋淀纪事之二》,引起广泛、强烈、持久的社会反响。这为孙犁同志的文学事业打开了一个新的局面,赢得了很高的社会声誉。

1945年8月,日本投降,抗日战争胜利。这一年10月,孙犁同志回到冀中,下乡从事写作,参加土地改革工作,编辑《平原杂志》。他写了以抗日斗争为主要题材的《碑》《钟》《"藏"》《嘱咐》《新安游记》《光荣》等短篇小说和散文。后来,孙犁同志在回答《文艺报》吴泰昌问"你最喜欢自己的哪几篇作品"

时,这样说:"现在想来,我最喜欢一篇题名《光荣》的小说。在这篇作品中,充满我童年时代的欢乐和幻想。"这篇小说有一万字,是孙犁同志写的篇幅比较长的一个短篇。写一个叫秀梅的女孩,鼓励村里一个叫原生的青年参军抗日,她自己也积极参加村里的抗日工作。后来,原生的媳妇小五离开了原生家,秀梅则一直等着原生胜利归来。在这篇作品中,孙犁同志极富诗意地把农村的日常家庭生活,和伟大的抗日斗争、社会生活相联系,让新时代的光辉,在年轻恋人们的身上投下了有力的影响,使之他们的生活和理想发出了耀眼的光彩,也就使得作品富有了鲜明的时代特色。孙犁同志对我说过,他的结构最完整的小说是《"藏"》。这个短篇,写新卯和浅花这对年轻、幸福的夫妻之间,产生了矛盾,浅花对新卯有了疑心,两个人的关系一度很紧张。结果是新卯为了抗日工作,在村外菜园子里秘密挖地道。当敌人来扫荡,这个地道不仅掩护了抗日干部,浅花也在地道里生下一个女孩子,取名叫"藏"。

1949年1月,天津解放,孙犁同志随之进城,参与创办《天津日报》,编辑《天津日报》文艺周刊,继续从事写作。他仍然以抗日斗争为主要题材,写了《采蒲台》《吴召儿》《山地回忆》《小胜儿》《看护》等短篇小说和散文。孙犁同志和我谈论他的作品时说过,他最喜爱的是《山地回忆》。这篇小说,写一个叫姐儿的女孩子,心疼在寒冷里没穿袜子的抗日工作人员,给他做了一双新袜子。这看来显然是生活小事,但在孙犁同志抒情的笔墨下,却把人与人之间的关系写得非常亲切、感人,焕发着、激荡着强烈的、亲如骨肉的平凡、朴实的劳动人民的人情美和人性美。在这里,作者把人类最美好的一种情感即人道主义的关怀,升华到了一种极致。

在此期间,孙犁同志写了《风云初记》,这是他唯一的一部长篇小说,也是他的最重要的作品。在《天津日报·文艺周刊》连载时,即受到读者的欢迎和喜爱。等书出版后,更是深入人心,广受好评。在"文革"前,相当长的时间,也有批评的声音,主要是:思想内容上,儿女情长,小资产阶级情调;写作技法上,没有正面写战斗,故事性不强,结构松散。但这些意见不管来自哪里,基本上没有阻碍这部书在社会上广泛流传,也没有在广大读者的心中造成负面的影响。《风云初记》这部小说,已经问世七十年,可以说通过了历史的严峻检阅,成为中国当代文学最为优秀的长篇小说之一。

1987年春天我协助冀中平原抗日游击战争的三位领导吕正操、程子华、杨成武同志,为中国人民解放军历史资料丛书《八路军》撰写一篇文章《冀中平原抗日游击战》,开会研究如何写作。三位老领导竟然异口同声地说了一句:"写好冀中人民就行。"之后就离开了这个话题,谈起别的来。因为他们都写过多篇关于冀中平原抗战的文章,特别是吕老,分别于1984年6月和1987年1月由解放军出版社出版了《冀中回忆录》和军事论文集《论平原游击战争》,于是,便根据"写好冀中人民"这一指导思想,摘录他们的文章著作,综合、加工成一篇五万字的稿子,分别送请三老审定,都是一字未动。送交解放军历史资料丛书编辑部,也是顺利通过。可以说,这是一篇关于冀中平原抗日游击战争最为权威的文章。当时我即想到,三十几年前,孙犁同志写作长篇小说《风云初记》,指导思想就是"写好冀中人民"。他在《为外文版〈风云初记〉写的序言》一文中说:

　　1937年秋季,日本帝国主义者,侵入中国的华北地区。那时我正在家里,亲眼见到冀中人民在中国共产党的领导下,掀起的巨大的抗日战争的怒潮。

　　人民的抗日情绪,是一呼百应的,奋不顾身的,排山倒海的。

　　当我的家乡,遭遇到外敌侵略的时刻,我更清楚地看到了中华民族的高贵品质。在八年的抗日战争里,我更深刻地了解到中国农民勤勤劳劳、勇敢的性格。他们是献身给神圣的抗日战争的，他们是机智、乐观的。就是在最困难的时候，在最危险的时候，他们也没有低下头来。他们是充满胜利的信心的。这种信心，在战争岁月里，可以说是与日俱增的。

伟大的抗日战争，不只是民族的觉醒和奋起，而且是广泛、深刻地传播了新的思想，建立了新的文化。

在这个历程里，我更加热爱着我的家乡，这里的人民，这里的新的伦理道德，风俗习惯，甚至一草一木。所有这一切都在艰苦的战争里，经受了考验，而毫无愧色地表现了它们是不可战胜的。

所有这一切，都深刻地留在我的印象里，和我的思想、情感融合起来，成为一体。

所以，当1950年，我在天津一家报社工作，因为环境比较安定，我想写一部比较长的小说的时候，我只是起了一个朦胧的念头，任何计划，任何情节的安排也没有做，就一边写，一边在报纸发表，而那一时期的情景，就像泉水一样在我的笔下流开来了。

说起《风云初记》，让我又想到吕正操将军的《冀中回忆录》。两部书可以说是异曲同工，交相辉映。《冀中回忆录》的写作宗旨，也是"写好冀中人民"，吕老在引言中写道：

　　作为一名曾经长期生活、战斗在冀中地区的老战士，我对那里的人民，对那里的河流、村庄、田野，甚至一草一木，都是深深怀念的。同时，也深深怀念死去的战友和成千上万的革命先烈。那时，他们都是年轻有为的好同志，在抗日战年中英勇牺牲。

　　1937年抗日战争爆发后，党领导冀中人民进行了艰苦卓绝的斗争，发挥了人民战争的无比威力，和全国人民一道赢得了抗日战争的伟大胜利。冀中人民用鲜血和生命保护了我们，培育和壮大了人民子弟兵。如果没有冀中人民的英勇战斗和流血牺牲，我们这些人能不能剩下来就很难说了。我虽然不是冀中人，但是我一直把冀中当作自己的家乡。我对冀中父老，一直念念不忘，至今听到冀中的乡音，还是感到格外亲切。

　　我在冀中这块土地上和人民群众休戚相关、生死与共，有十年之久。尤其是在抗日战争的残酷环境中，我和冀中的父老兄弟姐妹情同骨肉，亲如家人。每当我回忆起来，总是有一股暖流涌过心头。

在协助吕正操将军撰写《冀中回忆录》时，总是让我不断地联想到《风云初记》中的一些人物、场景和故事，赞叹这部小说内容的真实、具体、丰富、全面，传神的笔墨，潇洒的行文，漂亮的语言。读者看到的情节可以说都是自然形成的，他们完全是生活的再现，是关于抗日战争时期冀中平原的人民的生活和情绪的真实记录。作者没有做任何夸张，也没有虚构的成分，生活的印象，交流、组织，构成了小说的故事。吕正操司令员在小说中，是以真名实姓出现的。孟庆山副司令员这一人物形象，在小说中有所加工，随之便改了一个姓，把孟改为高，变成高庆山。书中的变吉哥和张教官，显然就是作者自己的写照……一次，我和吕正操将军谈起《风云初记》，向他复述了一节的简要内容：

一个叫春儿的女孩子来到街上，农民们正和许多穿灰棉军装的人民自卫军战士，争夺着扫帚打扫街道。十字街口，有几个战士提着灰桶，在黄土墙上描画抗日的标语。一个高个儿的军人，正和农民们说破路的工作，要把大道挖成深沟，把平原变成山地，才能挡住敌人的汽车和坦克。又问村里人民武装自卫的情形，农民们说："都成立起来了，人马也整齐，就是缺少枪支。吕司令！你从队伍上匀给我们一点吧,破旧的我们也不嫌。"吕司令答应了这个要求。春儿听说这人是吕司令,一高兴,觉得自己也该上前去说两句话,便走到吕司令的身后边。吕司令转过身来,看见了这个女孩子。春儿立正笑着说:"我是这村的妇女自卫队的队长,我还有个要求,我们不会排操打仗,吕司令教教我们吧,我就去集合人!"吕司令笑着说:"等明天吧,我派一个连长来教你们。"春儿转身跑到妇女群里去了,妇女们都冲着她笑。

"这是真实的。"吕老听后说,"那时候,无论在哪村住下,我总要抽时间到村街上转一转,和乡亲们谈一谈。在冀中,我遇见过很多春儿这样的女孩子,她们都很可爱,叫孙犁一写就更可爱了。"

孙犁同志说过:"我最喜爱我写的抗日小说,因为他们是时代、个人的完美真实的结合,我的这一组作品是对时代和故乡人民的赞歌。我喜欢写欢乐的东西,我以为女人比男人更乐观,而人生的悲欢离合总是与她们有关,所以常常以崇拜的心情写到她们。"

有人问孙犁同志:"创作规律,是否就是'真情实感'四个字?"孙犁同志说:"是这样,这四个字很重要,但还包括不了规律的问题。有些作品能流传,有些不能流传,这里面就有个规律问题。"他还举例说,比如萧红的作品,她写的也并不是那么多,也没有表现多少重大的题材,也没有创造出多少引人注目的高大形象,可是她的作品一直被人们爱好,国内外都有人在研究,这是一个什么规律?他以为创作规律,归纳起来可以包含如下内容:一、作者的人生观。这是作品的灵魂,人生观不同,形成文学作品不同的思想境界。二、生活的积累。三、文字的表现能力。

可以说,这是孙犁同志文学创作经验的总结:他有着一名抗日战士的家国情怀,有着八年抗日斗争生活的丰富积累,有着独具特色的文字表现能力,写出来的抗日小说,才为广大读者喜闻乐见,津津乐道,以至流传至今。有理由预期,这些小说还会继续流传下去。

2021年初冬于北京

后 记

为纪念孙犁同志逝世二十周年，对孙犁同志怀有深厚感情、曾任《天津日报》文化专副刊中心负责人的宋曙光同志，提议编辑一套丛书，并且不辞劳苦，不畏困难，约请作者，组织书稿。幸赖天津人民出版社大力支持，此事得以顺利进行。这让我想起，孙犁同志的小说《铁木前传》，最初就是由天津人民出版社于1957年1月出版。这也是我收藏的第一本孙犁同志的著作，至今还清楚地记得，六十多年前我在南开大学中文系学习时，到天津百货大楼对面的和平路新华书店，花二角六分钱买下这本书的喜悦情景。

我这本小书辑印的，是孙犁同志去世后，所写的一些纪念文字：《孙犁怎么写作的》，是为《文艺报》经典作家专刊而作；

《孙犁:一九六二》,是为百花文艺出版社《百年孙犁》一书所写;《孙犁没有离开我们》,是在中国作家协会纪念孙犁百年诞辰会上的发言;《协助孙犁编书稿》,是写给保定荷花淀地域文学研究会的;《孙犁与抗日战争》,是曙光同志为编辑这套书而约我所写……还要说明:代前言原是《论孙犁的文学道路》一书的后记,写出后曾请孙犁同志阅正,他回信说:"后记看过,很好。"这篇后记,写了我和孙犁同志多年的交往,自然也联系到我在天津二十四年的学习和工作。那时,我刚从天津调到北京,从地方转入部队,于是便把这篇文稿作为向天津的告别,加了个题目《欣慰的回顾》,发表在《新港》上。现在,就用此文作为这本小书的前言,书名也叫《欣慰的回顾》吧。

诚请孙犁研究专家和读者指正;有的材料,在一些篇章中重复用过,为了保持文稿的完整性,结集时未做改动,敬祈见谅。

舟淮舟

2021年12月20日于北京莲花池